TAKE
SHOBO

恋文ラビリンス

担当編集は初恋の彼!?

高田ちさき

ILLUSTRATION
花本八満

蜜夢
MITSU
YUME

恋文ラビリンス
担当編集は初恋の彼!?

CONTENTS

MITSU YUME

イラスト／花本八満

恋文ラビリンス

Koibumi Labyrinth

担当編集は初恋の彼⁉

第一章　叶わぬ恋の行方

『叶わなかった恋はどこへ行くのだろう？』

誰かがそう尋ねた。

一花《いちか》の叶わなかった恋は、今日もまだ広いインターネットの世界を行くあてもなく漂い続けている。

――ピピピ

朝の光がうっすらと差し込む中、中里《なかざと》一花はスマホに手を伸ばしアラームを止めた。

起きなければ……という思いとそれに反する瞼《まぶた》との葛藤の末、勢いをつけて体を起こし大きな伸びをした。

年が明けたばかりの一月。室内とはいえ寒い。すぐに暖房のスイッチを入れてカーディガンを羽織る。

「一花！　そろそろ起きないと遅刻するわよ」

階下から母親の呼ぶ声に「はーい」と返事をして、のそのそとベッドから起きだした。

キッチンへ降りていくと、そこには目玉焼きとトーストに小さなサラダが準備されていて、一花が席に着くとタイミングよく母親が淹れたてのコーヒーをテーブルに置いた。

「お姉ちゃんは？」

いつもと変わらない時間なのに、姉の美花《みか》の姿が見えないことを不思議に思い尋ねると、母親が声を出さずに口元に人差し指を持っていき〝シー〟という仕草をする。

そして、チラチラと父親の方に視線を向けている。

（あぁ、そういうこと）

おそらく昨日は彼氏の家に泊まったのだろう。もちろん姉だってもう立派な社会人だ。恋人の家に泊まったからといって、一概に非難されるものではない。けれど他人の子であれば理解できることでも自分の子となるとそれはまた別の話だ。……特に父親にとっては。

「一花は彼氏なんか作らなくていいからな。ずっとこの家にいてもいいんだぞ」

朝から不機嫌な顔をした父親が一花に言い聞かせた。

一花と違って姉の美花は昔から周りの目を引く存在だった。

着飾らなくても十分華のある彼女は〝名は体を表す〟というのを身をもって証明していた。

同じように幼稚園から高校までを女子校で過ごしたふたりなのに、積極的で派手な美花に対していつもおっとりしている一花は、成人してまもなく六年たとうとしている今でも父親からすればまだまだ子供なのかもしれない。

父親のそんな言葉に「うん。わかった」と短く返事をした。娘としての模範的解答だろう。

「お父さんも、一花ものんびりしてると遅刻するわよ」

母親のその一言で、一花は食事を再開し父親は席を立った。

つけっぱなしになっているテレビでは、天気予報に続き占いが始まる。

(今日は一日晴れか……。星占いは六位、普通だな)

そこまで見終わると、身支度を始める時間だ。それが一花の日課だった。

出勤の準備をして「いってきます」と玄関で母親に声をかけ、自転車にまたがる。

大学時代から乗り続けているクリーム色の自転車は、ペーパードライバーの一花の主たる移動手段だった。勤務先も自転車で通える距離だ。

冷たい風が頬をさす。少し走っただけでも鼻の頭が冷たい空気に当たってジンジンと痺れてきた。

　緩やかな登り坂を抜けると、職場である市立図書館が見えてくる。

「おはようございます」

　同僚の姿をみつける度に、朝の挨拶を交わしながら自転車置き場へと急ぐ。

　ロッカーに荷物を置き、ネームプレートを胸に着けた。制服があるわけではないが来館者を不快な気分にさせない程度の服装というだけで他には特に何もいわれない。一花は自転車に乗ることや、大きな荷物を運ぶことも多いことから、年中パンツスタイルで通している。

　出勤簿に印鑑を押すと、すぐに図書館の総合受付前へと移動する。朝礼の時間が迫っていたからだ。ロッカールームを出るときに、入れ違いで中へと急いで駆け込む同僚で親友の森永知恵《もりながちえ》とすれ違った。

　声をかけようと思ったが、〝遅刻しそうで焦っている〟その表情からやめておいた。彼女が朝礼に間に合わなくなってしまっては大変だ。

　図書館内に入ったところ、すでに課長は定位置であるカウンターの前にいて、ニコニコとあたりを見渡していた。一花の上司でもある少しお腹の出たタヌキ体型の課長は、笑顔がトレードマークの優しい人だ。来館した子供たちには〝タヌキのおじちゃん〟なんて呼ばれている。

まだ暖房が入って時間がたっていないということもあり、館内は肌寒い。カーディガンのそでを少し伸ばして寒さをしのいだ。

「それでは、朝礼を始めます。みなさんおはようございます」

課長の声で朝礼が始まる。ぎりぎりで一花の隣に並んだ知恵の呼吸が少し荒い。

「はぁ、もう遅刻するかと思った……」

ペロッと舌を出すその姿をみてクスッと笑ってしまい、一花はあわてて朝礼に集中した。


朝礼が終わると知恵と一緒に、返却ボックスに返されていた本をブックトラックに入れて棚に戻す作業に取り掛かる。

普通ならばひとりでやる作業だが、今日は休館日の翌日ということもあり返却された本の数も多く、棚への返却をふたりで行っていた。

「時間ギリギリなんて、知恵にしては珍しいね」

ブックトラックから本を次々に取り出し返却しながら小さな声で話をする。

「昨日ね、遅くまで彼と電話してたから」

「え？　昨日デートだって言ってなかった？　中止になったの？」

休みの前の日、デートに何を着ていくのか散々悩んでいた姿を思い出す。

「デートしたわよ。すごーーく楽しかった」

おそらく昨日のデートを思い出しているのだろう。顔がほころんでいくのでわかる。

「じゃあ、何か問題があったから電話したの？」

「何言ってるのよ、一花。何もなくても電話して声が聴きたくなるもんでしょ？　たとえその日一日一緒に過ごしていてもね」

そういうものなのか……。まともな恋愛をしていない一花にはよくわからない。

（もしかしたら圭吾《けいご》とだったらそういう風に思えたのかもしれないな）

そんなことを思った後で、それが今後もあり得ないことだと思いなおして、手にしていた本を棚に戻した。

最近は、こんな風に彼の名前を思い出すことなどほとんどなかったのに。数日前から頭を占めているあることが原因で、思い浮かべてしまうのかもしれない。それを知恵に相談しようと終業後の約束を取りつけて、一花はその日一日の業務をこなしたのだった。

そして終業後、駅前にあるシアトル系のカフェに一花と知恵はいた。

「それで、相談って？　一花がわざわざこんな風に私を呼び出すなんて、そんなに大事なこと?」

知恵の勘は的中していた。電話ではなく直接聞いてもらいたかったのでわざわざ呼び出したのだ。

両親や姉以上に知恵にはなんでも話をしていた。幼稚園から高校までを一緒に過ごし、クラスが離れても親友であることには変わりなかったふたり。

大学は別々に進学したけれど、こうして縁あって同じ市立図書館に就職が決まった時は、手を取り喜び合ったものだ。

「実は……」

数日前の夜、一花のパソコンに届いた一通のメールについての話を知恵に聞かせたのだった。

＊　＊　＊

一花には、叶わなかった恋がある。それは大学時代ずっと温めてきた恋。

誰にでもそういう恋のひとつやふたつはあるだろう。そして人はそれをどうにか自分の中で消化して前に進んでいくのだ。

一花も時間がたてば、あるいは新しい恋をすればそれを過去のものにできると思っていた。実際に知恵に紹介してもらった男性と付き合ったりもしてみたが、やっぱり何かが違うと思ってしまう。

そういう気持ちは相手にも伝わるもので、先方からお付き合いを断られて以降、積極的に新しい出会いを求めることもなくなった。

一花の胸の中には、忘れられない過去の恋がくすぶり続けている。

それを再認識したのが半年前。

きっかけは、引き出しから出てきた大学四年生の時の手帳。就職活動まっただ中の時期に使っていた思い出のものだ。

ペパーミントグリーンの手帳の間に挟まっていた手紙を手に取ってハッとした。

「これって……」

それは当時片思いをしていた久米井《くめい》圭吾に、渡そうと思って渡せなかったラブレターだ。

「……っう」

手にしただけであの時の痛みが胸を襲う。

(あれから、ずいぶん時間がたったのに)

季節が何度も変わり、歳も重ねた。なのにあの時の失恋の痛みがちっとも薄れないことが悔しい。

そしてそれとともに浮かんできた彼の顔が、いまだに自分をときめかせることに驚いた。

少し前を歩いていた彼が「一花」と名前を呼びながら振り向く姿が好きだったこと。

時々からかうように意地悪を言われたけれど、それが嬉しくて仕方がなかったこと。

初めて間接キスをしたこと。

どれもこれも、いまだ色あせずに一花の胸の中に残っている。

「このままじゃダメ。どうにかしなくちゃ」

そこで一花が考えついたのが、成就できなかった恋を恋愛小説にして、その中で思いを遂げることだった。

実際には叶わなかった恋だけれど、作り話の中だけでも幸せになれば少しはこの思いも報われるかもしれない。

そんな思いから、ネット上に小説を載せて自分の中の思いを吐き出していたのだ。

あの時渡せなかったラブレターを、渡していたら……。そんな自分勝手な妄想を中井花《なかいはな》とペンネームを名乗って文章にしていた。

まるで思春期の中学生みたいだと知恵は言っていたけれど、誰にも迷惑をかけないやり方で綺麗な思い出に変える最良の方法だと思っていたのだ。

それがまさかこんなことになるとは……。

＊　＊　＊
「ええ〜！　出版って、一花の小説!?」

「し〜！　知恵、声が大きいよっ！」

知恵が驚くのも無理ない。まさか自己満足のために綴っていた小説を「本にしないか？」という依頼がくるなんて、当の本人さえ想像だにしていなかったのだから。

「それって騙されてるんじゃないの？」

同じことを一花も思った。大手の岬出版の編集者を名乗るその男は本物なのか……。

何度かメールをやりとりしてそのたびに断った。

そういうつもりで書いたものでもないし、出版だなんてとんでもないと。

しかし、相手も食い下がる。

正直、自分の思いを記した小説を褒められれば悪い気はしなかった。

行き場のなかった思いが、こうやって誰かの目に留まり評価されたことは嬉しい。

そして、何度かやり取りをして根負けしてしまった一花は、会うだけでもという先方の言葉につい「はい」と返事をしてしまったのだった。

経緯を聞いた知恵は、なおも心配そうに言う。

「約束しちゃったものは仕方ないけど、ちゃんと昼間に人の目のあるところで会うのよ。それから先方が〝お金が少しかかります〟なんて言ってきたら、話も聞かずに逃げなさい。間違いなく騙されてるから！」

興奮した知恵が、ふたのついた紙コップを煽って「熱いっ！」と舌を出している。

「ありがとう、知恵。でもこの話が本当の話だったら、私、頑張ってみようかと思う」

「一花……」

さっきまで饒舌だった知恵が、心配そうに一花を見つめた。

「だって、もし本っていう形にすることができたら、私やっとあの片思いから卒業できそうな気がするの」

知恵が大きなため息をつく。

「私はその〝圭吾〟とやらを、一花の話からしか聞いてないからよく知らないけど……そんな風に何年も一花を悩ませてると思うと正直、憎いよ」

ドンッとテーブルをたたいて、憤慨している知恵の様子を見て一花は笑顔になる。

「もう、勝手に好きになったのは私なんだから、別に圭吾が悪いわけじゃないし。でも……あの時ちゃんと終わらせておけばよかったな。フラれて傷ついてもまだ身動きが取れない今の状態よりはよかったはずだから」

「じゃあ、やっとこれでけりがつくのね？」

念を押すように言われて、一花も頷く。

「うん。手元に本として残れば、この恋も無駄じゃなかったんだって思えるから。それに知恵に宣言しておけば逃げられないでしょ？」

「そうね、本が発売されてもまだうじうじしてるようだったら、私が毎日合コンに連れまわすから覚悟してね」

知恵なりの励ましかたに、一花の頬がほころぶ。

目の前にある、カフェモカを一口飲む。知恵に相談してよかったと思えた。

やっと区切りをつけて、新しい一歩を踏み出せる。そんな期待に一花は胸を躍らせていた。

知恵に話をした数日後。

一花は出版社の永山《ながやま》という男性と、先方が指定したこのあたりでは有名な中華レストランで待ち合わせをしていた。

住宅街にあるせいか、平日の昼間は年配の利用者が目立つ。普段なかなか訪れない店なので少し緊張しながら受付で名前を告げると、コートを預けて案内された席へ着いた。

（何だかドキドキする……）

待ち合わせは、一五分後。まだ時間があるのに一花は緊張から目の前に出された水をあっと言う間に飲み干してしまう。

レストランの係りの人がおかわりをついでくれ、またすぐそれに手を伸ばしそうになり思いとどまった。

（話を聞くだけなのに、こんなに緊張してどうするの!?）

自分に言い聞かせていると、バッグの中のスマホが着信を知らせる。

画面を確認すると、待ち合わせの相手の永山だった。

（遅れるのかな？）

通話ボタンを押すと、慌てた様子の声がスマホから聞こえた。

『中井さんですか？』

ペンネームで呼ばれ慣れていない一花は、少し戸惑いながら「はい」と返事をした。

『岬出版の永山です。申し訳ありません……今日の待ち合わせなんですけれど』

てっきり遅刻の連絡だと思っていた一花だったが、実際はそれよりもはるかに驚くことだった。

『実は出先から、そちらへ向かう途中で車にはねられてしまって……』

「は、はねられた!?」

思わず大きな声を出してしまい、周りの客がチラチラとこちらを見ているのに気がついた。

『はねられたと言ってもたいしたことはないんですが、今から病院で検査を受けなくてはならなくなりまして……』

電話口からも申し訳ないという気持ちが伝わってきた。

「そういうことならば仕方がないですね。また日を改めて……」

『いえ、それではお忙しい中井さんのお時間を二度も拘束することになってしまいます。ですから今、代わりの者をそちらに向かわせていますので、もうしばらくそちらでお待ち下さい』

焦った様子で説明されて、またもや一花は「はい」と返事をしてしまう。

『私の後輩で、久米井《くめい》というものがそちらに参りますので、本日は申し訳ありませんがその者と打ち合わせをしていただけませんでしょうか?』

一花はその名前を耳にしたときに、心臓がギュッと音を立てて絞られたような気がした。

「久米井……さんですか？」

珍しい名前ではあるが、世の中にはたくさん人がいる。同じ苗字の人だっていて当たり前だ。しかし一花にとって特別なその名前を聞いた瞬間に思考が停止してしまった。

『そういうことなので、よろしくお願いします。今回は本当に申し訳ありませんでした』

そう告げられてまたもや一花は驚きで思考がついていかないまま「はい」とだけ返事をした。

次に気がついた時には、通話はすでに終了していてツーツーという終了音だけが聞こえている状態だった。

（まさか、そんなことってあるはずない。だって圭吾は留学しているはずだし）

自分に言い聞かせて、目の前の水をごくごくと飲む。すでに二杯目の水を飲み干していた。

（そう、偶然偶然！　そんなことあるはずないし。大丈夫だって……だけど……無理かもっ！）

そう思った瞬間、一花はバッグをつかんで立ち上がる。相手が来る前にここを離れようとした。

しかし……。

「中井さんですか？　私……岬出版の……え？」

顔を見なくてもわかる、この声。この四年間忘れられなかった声。その声に一花の心が激しく反応する。トクトクと音を立てていた心臓がだんだんドクドクと大きな音へと変化した。

（やっぱり……でも、どうして……）

「一花なのか……？」

違いますと否定してその場から逃げることも考えた。しかし相手が気づいてしまっていてはそれも叶わない。

顔をゆっくりと上げる。そこには記憶より少し大人びた顔の圭吾が驚いた表情で立っていた。

さっきまで聞こえていた周囲のありとあらゆる音が消えて、自分の心臓の音だけが耳に響く。それと同時に周りの全ての色が褪せて、彼だけが色づいているように見えた。

この再会を望んでいたのか、いなかったのか。今、一花にはそれさえもわからない。

けれど目の前に自分の忘れられない恋の相手が立っているのは、まぎれもない事実だった。

「一花だよな？」

もう一度そう尋ねた彼の表情が驚きから喜びへと変わった気がするのは、一花の願望かもしれない。

「……圭吾」

四年前に呼んだきりの名前を呼ぶ。何度も心の中で呼んでいた名前のはずなのに実際に声に出してみると、掠《かす》れてうまく呼べない。

「一花！　久しぶりだな」

屈託なく自分の名前を呼ぶ圭吾の笑顔は、先ほどまでの大人びた印象を消し去り、大学当時のままだった。それが余計に一花の心を乱す。

「う……ん。久しぶりだね」

やっと引きつった笑顔とともに絞り出した声は、自分の想像していたよりもかなり小さかった。

改めて圭吾を見る。髪の長さはあの頃とほとんど変わってないが、きっちりとセットされていて、トレードマークの少し明るめの髪が懐かしい。

綺麗なアーモンド型の二重の目元は、相変わらず人好きのする印象でスーッと通った鼻筋に、少し上がっている口角も一花を虜にした昔のままだ。

「待っただろう？　急いで来たんだけど、ごめんな。座って飯食おうぜ」

座るように促されて、自分が立ったままだったことに気がつく。

（と、とにかく落ち着かないと……でも、どうやって落ち着いたらいいの？）

とりあえず座ってみたけれど、頭が混乱している。目の前のコップに手を伸ばそうとしてそれがカラだったということに気がつく。

「腹減っただろう？　このコースでいいか？」

圭吾が指さしたのは、ランチのコースだった。普段なら大喜びするようなメニューが並んでいる。

「あ、うん。お願い」

戸惑っている一花を後目に、圭吾は「うまそー」と言いながら手を挙げて店員を呼んだ。

「このランチコースふたり分お願いします。ひとり分はキノコ類が入ってたら抜いてください」

（キノコ……私が苦手だってちゃんと覚えていてくれたんだ）

友達としての付き合いが長いのだ。それぐらいは覚えているものかもしれない。

けれど一花には、そんな小さなことさえ嬉しかった。

「はい、かしこまりました。お飲み物はいかがなさいますか？」

「ビールって言いたいところだけど、ウーロン茶でいい？　一花？　……一花聞いてる？」

「あ、うん。ウーロン茶でいいよ」

一花の返事を聞いた店員が、注文を確認してから戻っていった。

（ど、どうしよう。何から話そうか……）

一花の焦りを知ってか知らずか、圭吾は穏やかな笑みを浮かべて一花を見ていた。

「久しぶりだな。大学卒業前から会ってないからずいぶんたつな……」

ふたりが会うのは実に四年ぶりだった。

＊　＊　＊

一花が圭吾と出会ったのは、大学一年生の時だった。

はじめて彼の姿を目にしたのは初日のオリエンテーションの時。背が高く整った顔で屈託なく笑う彼は教室のどこにいても目立っていた。

文学部で男子が少なかったというのも理由の一つだったが、彼の人を惹きつけてやまない雰囲気が一花の目も引いたのだ。

しかし見かけの派手なグループのひとりだったこともあり、深く接触したことがある男性が父親だけの一花にとっては、どこか異次元にいるような存在だった。

（派手そう。苦手かも……）

一花の圭吾への第一印象は決していいものではなかった。

しかし、その印象はすぐに変わっていった。比較的自由な校風の一花たちの通っていた大学は、出席をとる授業が少ないせいで、ゴールデンウィークを過ぎたあたりから、授業への出席率が落ちる。

下手をすると半分くらいの学生が出席しない授業もあったが、そんな時でも圭吾は遅刻をすることもなく必ず真面目に授業に出席していた。

（見かけだけで判断してた……本当はすごく真面目なんだ）

一花も同様にすべての授業に出席していたので、当然顔を合わせる機会も多くなり自然と挨拶を交わすことも増えた。

女友達も何人かできたが、圭吾の存在はそれとは別だ。一花が初めて父親以外に心許した男性が圭吾だった。

その日もカフェテリアでふたりランチを食べていた。

「久米井君、この間言ってた本ね、図書館にあったよ」

「マジ？　後で借りに行くわ。それよりさ」

ランチのエビフライをほおばりながら圭吾が一花に言う。

「その〝久米井君〟っていうのやめない？　堅苦しい」

「ん？　どういうこと？」

一花には圭吾の意図することがわからずに、首を傾げた。

「久米井君じゃなくて、圭吾って呼べよ。俺も一花って呼ぶから」

「え……？　あ、うん」

一花にしてみれば、付き合ってもいない異性を下の名前で呼ぶようなことが自分の身に起こるなんて思ってもみなかった。そもそも、ここまで距離の近い異性は圭吾しか知らない。でも、相手からそうしてくれと言われれば「うん」としか返事のしようがなかった。

「呼んでみ？」

「え？　どうして用事もないのに呼ばないといけないの？」

（なんかとってつけたように名前を呼ぶなんて、恥ずかしくてできない！）

「いいから、ほれほれ」

面白がられているのがわかって余計に意識してしまう。

ニヤニヤと笑う顔は、期待とからかいがまじりあったような表情だ。

（絶対面白がってるっ！）

そうは思っても、圭吾は一花が呼ぶまであきらめるつもりはないようだ。

「け、け……圭吾」

言いようのない羞恥心から、耳が赤くなったのがわかる。

「ん〜まぁ及第点かな。頑張れよ一花」

ニカっと小学生みたいな笑顔を浮かべた圭吾に、一花の胸がトクンと音をたてた。

その時、一花の恋が小さな芽を出し始めたのだった。

*　*　*

「……一花？　なぁ一花!!」

「あ、うん。何？」

脳内が大学時代にタイムスリップしていた一花は圭吾の声で呼び戻された。

目の前には、ランチコースの料理がずらりと並んでいた。

三つに仕切られた皿には、中華風のオードブルが盛りつけられていたが、一花は手をつけることなく目の前に提供されたエビの炒め物を箸でつついていた。

「相変わらず、そのひとりでどっかいっちまう妄想癖も健在か」

「も、妄想癖って！」

誰かと一緒にいてもひとり色々考えてしまう癖がある。それは小さい頃からだ。

「妄想癖だろ？　あの頃も放っておくとひとりでぼーっとしてること結構あったし。でもそのおかげで、これだろ〝中井先生〟」

圭吾が契約書の雛形らしきものをテーブルに出した。

「そ、そんな先生だなんて」

顔の前で手をぶんぶんと振って否定する。

一花は圭吾が現れた衝撃が大きすぎて、今日ここに来た理由を忘れるところだった。

「先生だろ？　俺はまだ読んでないんだけど、永山さんが会議でどうしてもこの小説を本にしたいって力説してた。あの人が目をつけたんだ。きっとたくさんの人に読んでもらえるぞ」

たくさんの人に読んでもらえる……。そうかもしれない。けれどそれは〝読まれたくない人〟にも読まれるということだ。

目の前にいる、圭吾自身にも。

（圭吾本人が読むかもしれないのに、ブログに書いたあの小説を本にするなんて無理だよ）

半分以上は一花の妄想だ。だから気がつかないかもしれない。けれど一花自身がヒーローを圭吾だと思って書いているのだ。それを本人に読まれるなどこの上なく恥ずかしい。

（もし、圭吾が気づいたとしたら……）

大学時代の話も多く出てきている。もちろん詳細は濁した上に妄想をふんだんにちりばめて書いてあるが、万が一、一花と圭吾の話だと気がつかれたら……。考えただけでもめまいがする。

「これが、うちの契約書の雛形。おおまかな条件はここに書いてある通りだからちゃんと目を通しておいて、それと……小説の内容については」

触れられたくないところをダイレクトに突かれて、思わずドキッとしてしまう。

「多少、直しはしないといけないだろうな、もう少し恋愛要素にリアリティが欲しいんだって」

圭吾は一花にスマホの画面を見せた。それは永山からのメールで、今日話しておいてほしいことが箇条書きになっていた。

「いや、俺も急に電話かかってきて『代わりに行ってこい』なんて言われて焦ったんだよ。でも相手が一花だったとはな。世間って狭いな」

狭い世間でもすれ違うこともない人がほとんどなのに、どうしてここに来たのが圭吾なのか一花はそれが不思議でならなかった。

もし予定通り永山が現れていたら、一花はそのまま書籍化の話を受けただろう。しかし圭吾がここに現れたのだ。そうなった以上、この話を進めることはできない。

（ある意味よかったのかも。話が進んだら断ることなんてできないんだから）

一花は箸を置いた。そして意を決して圭吾に告げる。

「この話なんだけど、なかったことにしてほしいの」

「はぁ？　どういうことだよ！」

圭吾の思いのほか大きな声に、店内にいた人も驚いた様子でこちらを見ていた。

「最初から、断るつもりだったの。もともと自己満足のために書いていたものだし」

（そうよ。そもそも誰かに読んでもらうために書いたものじゃないもの）

心の中で自分を擁護する。

「どうしてだよ？　こんなチャンス二度とないぞ？　何が不安なんだよ。永山さんにまかせたら絶対いいものができるって」

圭吾は必死で一花を説得しようとしている。一花が急に辞めると言いだした原因が、自分にあるとは露ほどにも思っていないだろう。

一花は恐れていた。経験上いつも圭吾に言い負かされてしまうことを知っているから、今回も丸め込まれてしまうのではないかと。

(これだけは、ダメ。絶対に知られたくない。圭吾との恋愛を妄想してたなんて知られたら、気持ち悪がられるに決まっている……)

さっきは〝まだ読んでいない〟と言っていた。この先だってできれば読まずにいてほしい。

報われなかった恋だけど、一花にとっては小説にしたいと思うほど大切な恋だ。それが嫌な思い出には変わってほしくない。一花の思いは今、それだけだ。

どうにか断る理由を必死で考えた。圭吾を説き伏せることができるだけの理由。

(あ……永山さんが言ってた恋愛のリアリティ!)

名案を思いついた一花は自信満々でそれまで俯きがちだった顔をあげた。

「恋愛のリアリティなんて私には無理だよ」

「どうしてだよ? それくらい……」

(それくらいって簡単に言わないでっ!)

「だって私、そういう深い関係になった相手、ほとんどいないし」

「はぁ?」

口にしてしまってから「しまった」と思う。小説の話をなかったことにするためとはいえ自分の恋愛経験の乏しさを圭吾にさらしてしまった。

「お前それって、誰とも付き合ったことないってこと？」

「な、何？　そんなに驚くようなこと？　言っておくけど、彼氏がいなかったわけじゃないんだよ」

知恵に紹介してもらった人と付き合ったことはある。しかし、顔を合わせたのは実質三回。正直付き合っていたと言っていいものかどうかさえもわからない程度だけれど。

「じゃあ、書けるだろう？」

圭吾が反撃に出る。ここで負けてはならないと一花は恥を捨てることにした。

「すぐに別れたの。自然消滅みたいな感じで。なにもないまま……」

いかに一花が恋愛を〝わかっていない〟のか必死でアピールする。

「ふーん。お前の妄想力でもダメってことか……」

圭吾はウーロン茶を一口飲んで、何かを考えているようだ。

（お願い、もうあきらめて。私の脳内を本人にのぞかれるなんて恥ずかしすぎる）

一花は必死に訴えたので、喉がカラカラになる。

ウーロン茶に手を伸ばし、グラスに口をつけた。

「なら、俺と恋しよう」

その時信じられない言葉が、耳に届く。

テーブルに肘をついた姿勢で、圭吾はにっこりと一花に笑いかける。一花の大好きな、極上の笑みだ。

(俺と恋しよう……?)

意味を理解するまでたっぷり十秒はかかった。そしてそれを理解した瞬間口に含んでいたウーロン茶が気管へと侵入し、一花は激しくむせた。

「きったねーな。ほらこれ使え」

差し出されたおしぼりをありがたく受け取り、口元を抑える。

「な、ななな何言ってるの？　俺と恋……だなんて。冗談はやめてよ」

「どうして冗談だって決めつけるんだ？　俺はいたって真剣だ」

まっすぐに瞳を見つめられ、そらすことができない。その瞳の色に嘘はない。圭吾は真剣に提案をしたのだ。

「自分が何言ってるか分かってるの？」

「あぁ、お前に恋愛経験がなくて、この話をナシにするっていうなら、恋愛すればいい。簡単なことだ」

(簡単だなんて……私がどんな思いで、あの話を書いていたと思ってるの？)

「そんなことできないよ……」

圭吾から目をそらして小さな声で呟く。

「もしかして今……好きな奴でもいるのか？」

圭吾の声が低くなり、窺うように一花を見る。それは先ほどの強い視線とは異なりどこかせつなさを含んでいるように見えた。

「そういうわけじゃないけど……」

（好きな人、いるよ……目の前に）

心の中で呟く。再会してわかった。あの時のように熱い思いではないけれど、間違いなく圭吾への思いがまだ胸の中にあることを。

そしてそれは、このわずかな時間でむくむくと大きくなっていっているということも。

「俺じゃダメなのか？」

一花の揺れる心を察したかのように、誘惑めいた言葉が投げかけられる。

何かを求めるような目に、胸がドクンドクンと音を立てた。

（ダメなわけない……これが失恋する前だったらすごく嬉しかっただろうな……）

拒否している心の裏側で、圭吾の申し出を受けたら……と考える。一花が長年思い続けたことが叶うのだ。たとえそれが〝恋愛の真似事〟だとしても。今までネットの中に漂っていた、行き場のない恋が〝仮〟でも手に入るなら……。一花は自分の中の誘惑と戦っていた。

「本になるってことは、お前にとっても悪い話じゃないはずだぞ。それにもうすでに永山さんが動き始めている。あの人柔らかそうに見えるけどしつこいから……今ここで断っても結局は本にすることになると思うけどな」

「そんな……」

確かに永山の言葉にのせられて一花が打ち合わせに来たのは本当だ。しかも圭吾が現れるまでは、一冊の本にして綺麗な思い出にしようと思っていたのだ。

「結局〝YES〟って言うことになるんだ。だったら今、観念して俺の助けを借りた方が後々後悔しないいんじゃないのか？」

優しく説得されて、つい頷きそうになる。

「いつまでも、ビビってないで俺と恋愛すれば全部解決だろ？」

「だって、それじゃ圭吾だって迷惑でしょ？」

圭吾には正直何のメリットもないだろう。いくら仕事のためとはいえ、自分のプライベートを切り売りするほどのことだろうか？

「俺、大学んとき、お前に約束したの覚えてるか？」

「約束？」

穏やかな表情で尋ねられた。一花は記憶をたどるが思い出せない。

「やっぱり忘れてたか……。大学三年のときだったかな。俺がインフルエンザで寝込んだ時。お前うつるかもしれないのに俺の看病してくれたよな？」

思い出した。確かにそんなことがあった。

あれはサークルの飲み会だった。朝きちんと天気予報を確認して、夜に降るであろう雨に備え大学に傘を持って行った。

それなのにゼミの部屋に忘れてきてしまい、門限のためにみんなよりも先に帰ることになった一花は居酒屋の外に出て途方にくれていた。

そんなときに「送っていってやる」と言って、中から出てきてくれたのが圭吾だった。

雨の中、一本しかない傘で一花を自宅まで送り届けてくれた圭吾の体は、半分以上びしょ濡れだった。

あの日圭吾が、ブツブツと文句をいいながら、それでも一花を濡らさないようにして送ってくれたのを思い出して、胸がキュッとなり、思わずそこに手を当てた。

「あれは、私のせいだし。それに圭吾だって『馬鹿は風邪ひかないからいいよな』って私に言ってたじゃないの」

薬が効いて熱が下がった後、すぐにそんな軽口をたたいていた。

「でも、その後言っただろう『お前が困ったときは助けてやる』って。今がその時だって思ってる」

真剣な声色に真剣な表情。どれをとっても圭吾の本気がうかがえる。大学時代ずっと圭吾を見てきたのだ。ふざけているかどうかぐらいは今でもわかる。

「俺と恋しよう。一花」

甘い声色で、慈しむような視線を向けられて、一花はそれまで頑なに守ってきた理性が、崩れ落ちる音を聞いた。

「よろしくお願いします」

小さくつぶやいた一花に圭吾が満面の笑みで返す。

「こちらこそよろしく。一花」

彼に呼ばれた名前が、今までで一番一花の耳に甘く響いた。

「早速今日から猛特訓だな」

（猛特訓って一体、何するのっ⁉）

急な展開についていくのが精いっぱいの一花だったが、高鳴る胸は圭吾との特訓が嫌でないということを示していた。

第二章　恋人はじめました

日が落ち始めたころ、一花と圭吾はやっと店を出た。

今後のスケジュールや、契約内容について圭吾が説明をしてくれたがそのほとんどは一花の頭には入っていなかった。

詳細は担当編集の永山からもう一度説明があるということだが、今のところ圭吾に渡された手元の資料だけが頼りだ。

「な、なんか大変なことになったかも……」

小さな声で呟いて後ろにいる圭吾をチラリとみる。

店を出たところで、かかってきた電話に応対している圭吾を待つ。用事が終わったのだから帰ってしまってもよかったのだが、その前に圭吾が電話にでてしまい、こうして待つことになってしまった。

成り行きとはいえ、圭吾と付き合うことになった一花はどこか現実味のないふわふわした感覚にとらわれていた。

（圭吾が私の彼氏……か……）

ずっと心の中で思い続けていた相手が、急に目の前に現れて、そして一気に距離が縮まった。

事の成り行きを理解しようとひとり頭の中を整理していた一花に、圭吾が背後から話しかける。

「お待たせ。電話、永山さんからだった。お前にもう一度謝っておいてくれって」

「それで、怪我の具合はどうなの？」

電話では元気そうだったが、車にはねられたのだから大きな怪我をしているかもしれない。

「ああ、かすり傷だけだって言ってた。よっぽど悪運が強いんだろうな」

「よかった……」

一花は容態を聞いて、胸をなでおろした。たとえ、まだ会ったことのない人でも自分との待ち合わせ場所に向かっていたときに、事故にあったのだ。大事に至らなくて良かったと一安心した。

「今度永山さんから連絡がいくから、とりあえず今日はおしまい。送っていく」

「え？　そんなことしてもらわなくても大丈夫だよ。だってまだ夕方だし」

目の前で両手を振る。

「そんなにぼーっとしていて、とても大丈夫だとは思えないんだけど。それに……彼女を送っていくのは彼氏の特権だろ？」

いたずらっぽい表情を一花に投げかけてきた。そんな顔をされてはひとたまりもなかった。〝彼氏・彼女〟という言葉に加えて、目の前には笑顔の圭吾。一花は気がつけば頷いていた。

大学時代には、何度か圭吾に送ってもらったことはある。その後一緒に過ごしていない四年間のブランクがあるのに、圭吾はそれを何とも思っていないようだった。

最寄りの駅で切符を買う。ほとんど自転車で動く一花は乗車カードさえ持っていない。改札の前で待っていた圭吾があきれた様子でその光景を見ていた。

「お前さ、切符じゃなくて、カード作ってチャージしとけよ」

「でも別に必要ないよ。切符で問題ないし」

小さな切符を見せて反論する。

「これからは、俺と会うときに使うだろ？　酒飲むことだってあるんだから自転車ばっかじゃなくて、電車も使う機会が増えるんだからな。ほら行くぞ」

さっさと改札をくぐる圭吾の後を、慌てて追った。

圭吾の言葉は、次の約束を当たり前だと思ってくれているようで嬉しく思う。

ホームに出るとちょうど到着した電車にふたりで乗り込んだ。

電車の中で、大学時代に通ったお店を思い出して今度行こうという話になった。お互いあの頃のことを鮮明に覚えていて、一花は自分との思い出が圭吾の中でも色あせていないことを心地よく感じた。

「あ、私次の駅だから……」

「それくらい覚えてるって」

電車がゆっくりと減速して、停車する。

一花が「じゃあね」と声をかけると同時に、圭吾も一緒に一花の手をひいて電車を降りた。

驚いているうちに、電車の扉が閉まる。

「け、いご？　電車行っちゃったよ」

驚きで目を見開く。そんな一花を見て圭吾は少し不服そうな表情を見せた。

「俺、送っていくって言ったよな？　しかもあの電車うちの会社とは反対方向だし」

「え？　じゃあわざわざ私を送るためにこっちの電車に乗ったの？」

「そーだよ。〝わざわざ〟な。ありがたく思え」

　圭吾の長い指が、一花の切りそろえられた前髪をクシャクシャとかき回す。

「もう、やめてよ」

　一花は乱された前髪を直すふりをして、恥ずかしくて赤くなった頬を隠し歩き出した。

「一花は、休みいつ？　勤務先図書館だよな？」

「うん。毎週月曜日と第三日曜日が閉館日だから休み。それ以外は交代で取るって感じかな？　圭吾は出版社だと休みは土日になるの？」

「あぁ、基本的にはな。でも土日だって仕事している時もあるかな。俺まだまだひよっこだし」

　いつも自信満々だった圭吾から、そんな言葉が出てくるとは思わず驚いた。

「俺、就職活動失敗しただろう？」

　本人は失敗というが、大手の外資系の金融機関に内定をもらっていた。周囲にはうらやむものもいた。

「失敗って……、大手企業に内定してたのに？」

「周りに流されるまま就活して、結局自分の本当にやりたいことを考えてなかったんだ」

　就職難の昨今、業界を絞らずに受験する人も少なくない。それが間違いだとは思えないが、圭吾にとっては自分が一生金融機関で仕事をしていけるようには思えず、失敗という言葉を使ったのだろう。結局その内定を辞退してしまった。

「だから突然留学したの？」

そのころすでに失恋していた一花は、就職活動の忙しさも手伝って圭吾とは距離を置いていた。詳しい理由もわからないまま、人づてに留学の話を聞いたのだった。

すでに卒業単位を取得していた圭吾は担当教授に相談をして、卒論を前倒しで提出すると卒業式も待たずに一月にはすでに日本を発っていた。

「俺のやりたいことって何だろうって。もう少しちゃんと考えたいと思ってイギリスに留学したんだ。もともとあっちの文学専攻してたのもあるし。誰かさんは薄情にも送別会にもこなかったもんな」

「本当は行くつもりだったんだよ。でも当日熱がでて……圭吾だって出発の日教えてくれなかったじゃないの……」

そのことで、友達としての自分も否定されたような気がして傷ついたのを覚えている。

「じゃあ、おあいこだな」

振り返って口角をきゅっとあげて笑う。

「あっちでの二年ちょっとの間、イギリス文学により触れることで俺やっぱり本が好きだって思ったんだ。それで去年から岬出版で働いてる。新卒の奴らに交じって新人だぞ」

グーッと背伸びをしながら圭吾が言った。後ろからその表情は確認できないが声色から今の仕事につけて嬉しいと思っているのがわかる。

「おかげでまた、お前のお守りすることになったけどな」

振り向いてアハハと笑う。

「お守りなんてしてもらったことないし。今だって、別に頼んでないし」

「この俺が付き合ってやるって言ってるんだ、ありがたいだろう?」

軽口だとわかっている。でも……。

(嬉しいよ。再会できて、これからも会えると思うと……嬉しい)

今日圭吾に会ってからの数時間で、一花の〝昔の恋〟が〝今の恋〟へと変わった。そもそも一花の中で終わっていなかった恋だ。それが加速度をつけて走り出すのにそう時間はかからなかった。

それでも過去のつらい思い出がよみがえって、つい予防線を張ってしまう。

「〝仮〟の恋人だけどね」

あの時みたいに傷つかないように、自分を守るために自分に言い聞かせるようにして言葉にした。

「まぁ、お前にいいもの書いてもらわないと、俺も会社としても困るからな。俺だって、これでも編集者の端くれだし」

ぎゅっと胸が絞られたようだった。理解していたはずだしこういう返事が返ってくることも予想できた。なのに実際に圭吾が口にするとダメージを受けてしまう。

（誤解したらいけない。彼は〝仮〟の恋人なんだから。小説を書くための〝仮〟の恋人）

自分に言い聞かせて、笑顔を作る。一花の事情に圭吾を巻き込んだのだ。せめて今の自分に幻滅して嫌な思いをしないでもらいたい。

「ここでいいよ」

自宅まで十メートル。大学時代に送ってもらったときにもここで別れていた。

「あぁ、じゃあな」

柔らかい笑みを浮かべて手を挙げた圭吾に、一花は手を振り歩き出した。

自宅まで五メートルほどというところまで歩いて、振り返る。

五メートル先には、寒そうにマフラーに顔をうずめる圭吾がさっきと同じ格好のまま立っていた。軽く手を挙げてヒラヒラと振る。

一花が自宅に入るまできっとその場を動かないつもりだろう。それも大学時代の圭吾と同じだった。

いつもなら感じる鼻先や頬のツンとした冷たさが気にならないほどに、胸がドキドキと音をたてて頬に熱が集まっていた。

自宅の門に入る前に、もう一度振り返り圭吾に大きく手を振る。薄暗くて表情までは見えないけれど、同じように大きく手を振ってくれた圭吾に一花は頬を緩めた。

玄関に入っても緩んだ顔はそのままだ。

「一花、何ニヤニヤしてんの？」

ちょうど階段から降りてきた美花が、気持ち悪いものでも見るような顔をする。

「別に、ニヤニヤなんてしてない」

必死で顔を普通に戻して、自分の部屋へと階段を駆け上がる。

荷物を置くと、コートを脱がないままスマホの画面を操作する。連絡先の項目に新しく登録された圭吾の電話番号とメールアドレスを見て、嬉しい気持ちとせつない気持ちがせめぎあう。

圭吾が〝仮の恋人〟でいてくれるのは小説のため。仕事のためだ。

いつか交わした一花を助けるという約束を、優しくて義理堅い圭吾が覚えていて実行しようとしてくれているだけ。

それがわかっていても、彼の提案を受け入れてしまった。こじらせてしまった恋愛によって、もしかするとこれから先、前よりもっと傷つくかもしれない。

そんなことを考えていると、手の中でスマホが震えた。圭吾からのメールだ。

『会えて嬉しかった』

たったそれだけ。その一言だけ。

それでも、一花が寸前まで抱えていた不安な気持ちを甘い色に塗り替えてしまう。

思わず足をバタバタとさせるほどだ。

男の人とのメールのやり取りが初めてなわけじゃない。でも今までに交わしたどんなメールの何倍も一花の胸を震えさせた。

甘いときめきに胸を締め付けられながら、一花はバタンとベッドに倒れこんだ。

『俺と恋しよう』

目を閉じると圭吾の声が脳内でリフレインした。


「ちょ、ちょっとそれ一体どういうことよ!!」

一花と知恵、ふたりだけの会議室に大きな声が響く。

「知恵、ちょっと声が大きいよ」

会議室にはふたりしかいないが、そんなに大きな声を出してしまっては廊下まで響いてしまう。

圭吾と再会した翌日、一花は当番が一緒だった知恵とお昼の休憩時間を共に過ごしていた。そして昨日の出来事を洗いざらい打ち明けたのだ。

「……どういうって、話した通りのことなんだけど」

「小説の話をしに行って、彼氏ができて帰ってきたってことね」

簡潔すぎるがそういうことだ。

「でも皮肉ね。彼を忘れるための小説が、彼と一花を再会させるなんてね」

確かにそうだ。小説を書き始めた本来の目的とは一八〇度違う結果になってしまった。

「たしかにそうだけど……。でも私、圭吾の申し出を断ることなんてできなかった」

母親の手作りの弁当に手をつけるが、色々考えるとなかなか箸が進まない。

「でも、いいんじゃない？　たとえ〝仮〟だとしても彼氏は彼氏でしょ？　それに一花自身がそうしたいと思ったんなら、その選択で正解なんだよ。優等生的な答えがいつも正解とは限らないんだからね」

もしかしたら反対されるかもしれないと思っていた一花は、手放しで賛成する知恵に驚き問いかけた。

「反対しないの？　知恵は絶対反対すると思ってたのに」

「どうしてよ。四年間も一歩も前に進めなかった一花が、どんな形にしろ前に進んでるんだよ。親友の私が応援しなくてどうするの？」

知恵は、話をしながらコンビニのおにぎりを食べている。

応援してくれるのが〝当たり前〟という知恵の気持ちが一花は嬉しかった。

「ありがとう。知恵が応援してくれて嬉しい」

箸をテーブルに置いて、知恵に抱き付く。ぎゅうぎゅうと力を入れると背中を叩かれた。

「ちょっと!?　殺す気？　もう一花は大袈裟なんだから」

「ごめんね。これからもよろしくね」

一花は嫌がる知恵を抱きしめる腕に、ますます力を込めた。

「ちょっと、いい加減に離れなさいよっ！　ご飯食べられないじゃない!!」

無理矢理振りほどかれて、一花はやっと知恵から離れた。

「それにしても、一花もそこで今でも好きだとかなんとか、どうしてもっとアピールできなかったの？」

知恵は少しあきれた様子で、一花を見ながらペットボトルのお茶を飲む。

「……そんなこと出来てたら、今まで引きずってないよ」

「それもそうか……。でも一花にとっては、また彼の傍にいられるチャンスでしょ？」

一花本人よりも、知恵の方に気合が入っている。昔から彼女にはそういうところがあった。友達思いの知恵に一花は常に助けられている。

「チャンスなのかな……？　もう一回頑張ってもいいと思う？」

「当たり前でしょ？　大学時代に離れてから四年もたってるんだから相手だって考えが変わってるかもよ。ここまで思い続けたんだから、今回はダメでも当たって砕け散りなさい。じゃないとまたこれから先、引きずることになるよ」

容赦のない言葉だが、知恵の言うとおりだ。

「うん。私頑張ってみる。チャンスだよね!?」

「そうそう、この際結果はどうであれバージンぐらいあげちゃいなさい。初めては彼がいいわよ。絶対」

「な、なんてこと言うのよ!?」

今度は一花が会議室に響き渡るほどの大声を上げた。

「何って、もうすぐ二十六でしょ？　彼にあげないで誰にあげるの？」

さもそれが当たり前のように言われた一花は、圭吾の顔を思い出してしまい耳まで赤くなる。

「な～に、想像してんのよ！　一花のエッチ」

「エ、エッチって、ちょっと、知恵！」

一花にとって〝エッチ〟なことは、まだ未知の世界だ。それを分かって知恵がからかう。

「ごめんごめん。でも初めては彼がいいでしょ？　どんな結果になっても私は一花の味方だし、結果が小説のようにハッピーエンドでなくても一花には後悔してほしくない」

知恵の真剣な言葉が一花に小さな勇気を奮い起こさせた。

「うん、頑張る。私もう、後悔したくないから」

「決心が固まったところで、早くお弁当食べな。もう時間ないよ」

その言葉で時間を確認すると、休憩時間はあと十五分しかなかった。一花が急いでお弁当のから揚げをほおばっていると、手元に置いてあったスマホがメールの受信を知らせた。

（ん？　誰だろ？）

表示された送信者の欄には、圭吾の名前があった。

『ちゃんと飯食ってるか？　しっかり食べないといつまでも小さいまんまだぞ』

内容なんて何もない、一花をからかうような文面。でも少なくともこのメールを送るときは圭吾が一花のことを考えていたのだと思うと、頬が自然にゆるんでしまう。

そんな一花を見た知恵が「気持ち悪い顔してるわよ」とからかってきた。

でも何を言われても、一花の顔は緩んだままだった。

圭吾はまめに連絡をくれる。それが会わずにいた四年間の距離を一気に縮めたと一花は思う。

圭吾や永山が所属するコンテンツ事業部は、幅広い分野の小説を取り扱っている。最近では一花のように、ネットで公開している作品を出版することも少なくない。新人作家も多くかかえ、そのフォローをしたり、打ち合わせやイベントのために地方への出張も多々あるようだ。

一花が想像していたよりも、圭吾は多忙を極めていた。

しかしそんな中でも、圭吾が自分に時間を割いてくれていることが嬉しかった。

ある日は朝起きたときに、ある日は残業中に。メールだったり電話だったり。あの日以降直接会ってはいないけれど、圭吾のとのやり取りが楽しみになっていた。

その日は真夜中に電話がかかってきた。

『一花？　もう寝てる？』

「寝てたら電話出ないよ」

『それもそうだな。一花に突っ込まれるなんて俺、相当酔ってるな』

お酒を飲んでいるらしい。圭吾は大学時代も飲みに行った帰りに一花によく電話をかけてきた。

酔っぱらいの相手なんて……と普通なら思うだろうけれど、圭吾のいつもよりも少し無防備な感じが一花は好きだった。

「今日は飲みに行ってたの？」

『あぁ、会社の飲み会。下っ端の俺はしこたま飲まされるわけよ』

「圭吾お酒強かったよね？　それなのに結構酔ってる？」

『別に酔ってないって。自分の電話番号も家の住所も言える』

「今、言わなくていいからね。で、何か用事だった？」

言っておかないと、道路の真ん中で個人情報を叫びそうなくらいは酔っているみたいだ。

『別に用事ってわけじゃない。なんとなくだよ、なんとなく。お前、寂しかっただろ？』

どこか照れ隠しのような言い方に一花は嬉しくなる。きっとこの電話をかけたことに理由なんてないのだ。でもその理由のない電話がこの上なく嬉しい。

「別に、寂しくなんてないよ。お風呂入って寝るところだったもん」

『もう？　明日早いのか？』

急にこちらを気遣うような声色が、圭吾らしいと思う。

「早番だけどそのぶん早く上がれるから。明日は八時半から五時半。それに次の日は休みだし」

『そっか、じゃあ早く寝ろよ。つーか俺が邪魔したのか？』

「うん。圭吾も結構酔ってるみたいだから、気を付けて帰ってね」

一花の言葉に「酔ってねーし」と独り言のようにつぶやいた圭吾が「おやすみ」と言う。一花もそれに応えて電話を終えた。

画面を見るとそこには、通話時間が表示されていた。それがふたりだけの時間だと思うと、その数字さえも愛しく思えてスマホを胸に抱きしめた。


時刻は午後五時を過ぎた。

今日の勤務時間は残り三十分だ。この来館者の様子だと残業をするようなこともないだろう。

「返却は、二週間後になります。あちらの返却カウンターか表の返却ボックスまでお返しくださいね」

本を貸す手続きを取って、相手に渡す。小学生の男の子だろうか……きっと母親の手作りだろう絵本バッグにいっぱいの本を借りて帰っていった。

「次の方、どうぞ」

声をかけて、本を受け取る。

「初めてなんで、カード作りたいんですけど。オネーサン」

聞き覚えのある声に驚いて顔を上げ、相手の顔を見る。

「圭吾──！」

仕事中だということも忘れて、思わず名前を呼んでしまう。そこにはスーツではなく私服姿の圭吾が立っていた。隣でカウンターに座っていた知恵が、一花と圭吾の顔を見比べている。

一花は周りをキョロキョロと見て、知恵以外の人には一花の声が聞こえてないことを確認してひとまず安心した。

立ち上がって圭吾に顔を近づけ、声のトーンを落とす。

「ちょっと、一体何しに来たの？」

「何って、本を借りに来たに決まってるだろ？」

圭吾が借りたいといった本は、イギリス文学で大学時代に一花も読んだものだった。

「……圭吾それ、持ってるでしょ？　本当に借りに来たんだったら、この用紙の枠の中を全部書いて」

ピンク色の紙を差し出すと、圭吾はそこにさらさらと何かを書いた。

【外で待ってる。終わったらすぐ来いよ】

「あ、コレ俺持ってました。カード作るのも次にします」

圭吾は芝居がかったセリフを言って、出口へと向かう。

その背中を一花は呆然と見つめている。

一花の手元には、圭吾が残したメモ。それを知恵が隣から覗き込みながら耳元で囁く。

「写真で見るより随分かっこいいじゃないのっ。それにこの誘い方……やるわね」

「ちょっと、知恵。勝手に見ないでよ」

カウンターでの業務中だ。一花は急いで圭吾が残したメモをポケットへとしまった。

こそこそと話をしていると、次のカウンターの当番の人が来たので引き継ぎを行って交代する。

返却された本を、棚に戻したら今日の業務は終わりだ。

ブックトラックを押し始めると同時に、知恵の尋問が始まる。

「職場にまで来るなんて大胆ね～情熱的ね～」

「もう、わざとそういう風に言って。私だってびっくりしてるんだからねっ！」

昨日電話していた時は、何も言ってなかった。

「これからデートでしょ？　いいなぁ。私も彼に電話しようかな」

「デートなのかな……？」

そもそも驚いて何をしに来たのか聞くのを忘れた。

「こんな時間に呼び出すならデートでしょ？　それよりも一花があんな風に男の人と話すのを見て私ちょっと驚いちゃった」

「何か変だった？」

一花としては、いつも圭吾に接するのと変わらない態度のつもりだった。

「だって、一緒に働いてる同僚にはあんな感じで話しないでしょ？　ちゃんと一定の距離を保ってるよね？」

確かにそうだ。圭吾と仲良くなってからは男性との会話のやり取りも、前よりは緊張せずにできるようになった。それでも自分から積極的に話しかけることは滅多にない。

「大学時代の友達だからだよ……」

「じゃあ、大学の友達なら今みたいに話すの？　部活の他の友達とかはどうなの？　他の男の子とならどうなの？」

矢継ぎ早に質問が飛んでくる。

今までそういうことを意識したことがなかったが、圭吾に誘われてマネージャーとして入部することになった水泳部では、男子学生が多くそれなりに会話をしていた。

特に圭吾の親友とはふたりで会話することも多かった。

「他の男の子とも話はしてたよ。圭吾の親友の話したことない？　水泳部で一緒だった。前に話したことあるよね？」

「あ～王子様のこと？」

知恵が言っているのは、圭吾の親友で大学時代に一花も所属していた水泳部の仲間の黒《くろ》木優馬《ゆうま》のことだ。

圭吾と仲のよかった優馬は、誰もが目を引くほどの優れた容姿の持ち主で、学部が違う学生でさえもその存在を知っていた。誰が呼び始めたのかは定かではないが通称〝王子〟。凄い呼び名だと思うが、誰もそれに違和感を抱かなかった。それほど彼は誰からも憧れられる存在だった。

「じゃあ、その王子ともあんな風にふざけた感じでやりとりするの？」

「ん～どうだろう……」

記憶の中を掘り返してみる。

「彼のこと相談したりしなかったの？」

「うん。黒木くんは圭吾の親友だけど、逆に相談しづらくて。でもそれなりに仲は良かったんだよ」

今まで考えたことはなかったが、優馬も大学時代を一緒に過ごした仲間だ。圭吾を交えて話すチャンスも多かった。けれどどこか圭吾と話すときの感覚とは違った。

「やっぱり、圭吾と話すときは違ったかも」

「それだけ、彼が特別ってことね。さぁ〝愛しの圭吾〟が待ってるんだから、早くこれ片づけてしまおう。それで私にちゃんとしたデートの報告をすること！」

知恵に肘でつつかれながら、一花は手元にある本を素早く棚に戻した。


ロッカーから荷物をとり出し、手櫛で髪を整えると図書館のロビーへと急いだ。駆け出してしまいそうな気分だったが何とか抑えて早足で歩く。

出入り口近くの壁にもたれてスマホをいじっていた圭吾が、一花の足音を聞いて顔をあげニコリとほほ笑み手を上げた。

近づくと「お疲れ。行こう」といってすぐに出口に向かって歩き始めた。

「圭吾、いきなりどうしたの？　どこに行くの？」

置いて行かれそうになって、急いで後を追う。

「それ、今ここで立ち止まって説明した方がいい？　それとも一花がお世話になっていますって挨拶したほうがいい？」

圭吾の視線を追うと、そこには同僚の職員が何人かいて、こちらを見ていた。ここでぐずぐずと話をしているとおそらく明日には噂で持ち切りだ。

「ここはダメ。とにかく出よう」

圭吾の背中を押して、急いでその場を離れた。

自転車置き場に自転車を取りに行く。その間圭吾は寒そうに足をバタバタさせて待っていた。寒がりの圭吾らしい。

ネイビーのダッフルコートがスーツの時よりも一花のよく知っている彼の姿で懐かしくなる。

自転車を押して圭吾の元へ行くと、すぐにハンドルを取って、自転車を押してくれる。そしてそのまま一花の歩調に合わせて歩き始めた。

「圭吾、今日仕事は？」

服装を見ると前回会ったときと違ってカジュアルだ。

「代休。それで一花と遊ぼうと思って迎えに来た」

（遊ぼうだなんて、小学生みたい）

その言い方がおかしくて、クスクスと笑う。

「何笑ってるんだよ。さっさと家に連絡いれろ」

実家住まいの一花を気遣う圭吾の言葉に従い、一花は母親にメールで食事が要らないことと、少し帰るのが遅くなることを連絡した。

実は今でも過保護の一花の父親だが、学生の時は今よりもひどかった。門限ギリギリに家に送ってくれた圭吾を睨みつけ、文句を言ったことさえあった。それでも圭吾はその後も、変わらず一花を自宅まで何度も送り届けてくれた。

それ以来、自宅への連絡は一花よりも圭吾の方が気をつけているくらいだ。そして今もこうやってあの頃と同じように気を遣ってくれた。その変わらない優しさに触れて、ほっこりと温かい気持ちになる。

「早く行こうぜ。この間〝こいのぼり〟の話しただろう？　あれからどうしても行きたくてさ」

〝こいのぼり〟とはふたりが通った大学の近くにある創作居酒屋だ。電車で送ってもらったときに確かに話をしたのを一花も思い出す。

「近くに住んでるのに、卒業してから一度も行ってないかも。楽しみ」

一花と圭吾は学生時代の思い出のつまった店へと、寒い寒いと言いながら、笑顔で向かった。

＊　＊　＊

懐かしい暖簾をくぐると、あのころと変わらない店長の「いらっしゃいませ」の声が聞こえた。

圭吾は後ろの一花を振り向いて「カウンターでいい？」と尋ねる。

頷いた一花と一緒に、店の奥のカウンターに腰掛けた。

店内は相変わらず大学生でいっぱいだ。そのほとんどが自分の後輩だと思うとなんだか不思議な気分になる。

「一花、最初はビールでいい？　それとも酒やめておく？」

「一杯だけビール飲もうかな。久しぶりだし」

決してアルコールに強くない一花が、飲みたいという。こういう時は彼女自身がその場を楽しみたいと思っているということを圭吾は知っている。

「生中ふたつ。あと、モツ煮込みと山芋の短冊」

「あ、それと……」

「軟骨のから揚げだろ？」

「そうそう！」

嬉しそうに手をたたく一花を見て、大学時代の思い出がよみがえる。

四年経った今でも、あのころのことはよく覚えている。

あの日、本当に偶然に再会した彼女を見て、自然とあの言葉が出てきていた。

『俺と恋をしよう』

一花が驚くのも無理はない。けれど圭吾はそれを取り消すつもりなどなかった。

「圭吾、どうかしたの？」

名前を呼ばれ、ふと我に返ると目の前にはすでに料理とビールが運ばれていた。

隣ではひとり考えに耽っていた圭吾を、一花が不思議そうに見つめている。

「あぁ、悪いな。お前の妄想がうつったのかも」

「何それー？　そういうのは感染しません」

「ほら、いいから乾杯！」

圭吾が差し出したジョッキに、一花がコツンと自分のジョッキをぶつけた。

お互い一口飲んでジョッキをテーブルに置いた後も、一花は納得していないのか、ふてくされて唇を少し突き出す。相変わらずの表情に圭吾の頬も緩んだ。

すねたような一花の口に、軟骨のから揚げを押し付けると素直に口を開いた。

「これやるから、機嫌直せよ」

「これぐらいで！　そんなに安い女じゃないんだからね」

口調とは裏腹に、好物を口にして嬉しそうだ。それを咀嚼すると、隣の椅子に置いてあったバッグをつかんで立ち上がった。

「ちょっと、お手洗い行ってくるね」

少し赤い顔でほほ笑んで、トイレに向かった。その足取りはまだ彼女がそれほど酔っていないことを表していた。

じっとその様子を見つめていると背後から、ドンッと肩をたたかれた。驚いて振り向くとそこには大学時代の水泳部の先輩、山田が赤い顔をして立っていた。

「山田さん……どうしたんですかこんなところで」

「久しぶりだな！　どうしたって、奥で飲んでたんだよ。お前こそここによく来るのか？」

アルコールの匂いをぷんぷんさせていることから、すでに酔っ払っているようだった。

「いえ、卒業以来初めてです」

「そうかそうか……、そういえばさっき一緒にいたのって中里だよなっ？　お前らまだ仲良くしてるんだな？」

一花の名前が出て、部活中にプールで山田が言っていた言葉を思い出す。『結構タイプ』

だと話していた。大学時代の話だ。

「はい、最近偶然会ったんですよ」

「そうか……お前たしか留学してたよな～？」

酔っぱらいの話なんだからと適当に流しながら、意識は一花のいるトイレの方に向かう。

山田に早くここから立ち去ってほしいと思いながら会話を続けていた。

「あっ、俺な二月の末に結婚するんだ。で、二次会なんだけど水泳部の奴に色々声かけてるんだよ。圭吾も来てくれよ。同窓会みたいな感じでさ、ワイワイやろうと思ってるから。幹事から連絡させる」

「そうなんですかっ、おめでとうございます」

結婚すると聞いて、ある種の安心感のようなものが心の中に広がった。圭吾はそんな自分を不思議に思いながらも連絡先を交換した。

お世話になった先輩の結婚だ。祝わないわけにはいかない。しかし次に山田が言った言葉がまた圭吾を悩ませた。

「中里も連れてきてくれよ。黒木にも声かけてるからさ」

（優馬も来るのか？）

優馬には帰国する時期は伝えてあったが、それ以降はお互い仕事が忙しく会えていない。

男同士なんてそんなものだ。誰かの結婚式や同窓会でなければ学生時代の友達と会う機会なんてそうそうあるものでもない。

「……はい。中里のことも一応誘ってみます」

圭吾がそう答えるのと同時に、山田が会計を済ませた仲間に呼ばれた。

「じゃあ、俺行くわ。二次会楽しみにしてるから絶対来てくれよな」

そう言い残して去って行った山田と入れ替わりに、一花が戻ってきた。

「さっき話してたのって、知り合い？」

一花からは山田の顔が見えなかったのだろう。席に着きながら圭吾に尋ねた。

「あぁ、お前の知らない人だ」

咄嗟に嘘をついてごまかす。

山田には二次会に一花も連れてくるように言われたが、圭吾はそうするつもりはなかった。

おそらく一花も、大学時代のメンバーに会えるなら行きたがるだろう。けれど今の圭吾はできればそれを避けたかった。

〝優馬〟の存在が気になってしまうからだ。優馬は、自分の友達だ。人間としても友人としても文句のつけようのない人間だと思っている。

圭吾がどうしても気になって仕方ないのは、一花が書いた小説だ。

機嫌よく軟骨をほおばる一花に、圭吾は確認したいことがあった。

「一花、お前のあの小説って……」

「え、何……？　まさか読んだの？」

さっきまでの上機嫌はどこへやら、持っていたビールのジョッキをテーブルに置き、驚いて目を見開いている。相当焦っている様子だ。

「あぁ、永山さんに原稿もらって最初だけ読んだ」

それを聞いた一花は、顔を両手で覆って隠している。しかし耳が赤いことから恥ずかしがっているのがわかる。

「あれって、お前の大学時代の話だよな？」

その問いかけに一花は、顔を隠したまま頭を振って否定する。

「いや、大学で水泳部が舞台、主人公が図書館勤務じゃなくて、書店員になってるけど間違いなくお前だよな？」

その問いかけにも、同じように首を振って答える。

「おい、いい加減白状しろ」

腕を引っ張って、顔を覆っていた手を退けると真っ赤な顔で、圭吾を睨んでいた。

「どうして読んだの？」

「俺だって編集者の端くれだ。できる先輩が選んだ作品がどんなものなのか知っておく必要があるだろう」

（それよりも、興味があったっていうのが本音だけど）

圭吾はあえてそこは言わない。

「わかった……。確かにあれは大学の時の思い出がベースになってるの」

観念した様子で、チラリと圭吾を見る。

「そうか、やっぱりな」

圭吾はそうつぶやいた後、ビールを一口飲んだ。

「で、お前、大学時代に好きだったヤツのことはまだ好きなのか？　だからあんな風に小説にしたのか？」

一番気になったことを尋ねる。

一花は目を見開いて息をのんだ。その様子から彼女の言わんとすることがすでに分かった。

「あの恋は……あの恋は私にとって特別だから」

まっすぐに真剣な色の瞳で圭吾を見つめる。その態度も含めて一花の答えだ。

彼女の中にいまだに息づいている恋。それは自分の友達、優馬へと向けられたもの。当時の心に受けた傷もいまだに残っているだろう。

あのとき一花が流した涙を、圭吾は今も鮮明に覚えていた。

(もしあのときみたいに、俺が余計なこと口走ったら……)

自分の言葉で、一花をもう二度と傷つけたくはない。そう思うと、優馬と三人で会う機会を持ちたくはなかった。

＊　＊　＊

木曜日の夜、二十三時。

一花はお風呂から上がると、パソコンを立ち上げて作業をしていた。

「え～っと……、こんな感じかな」

永山から原稿の直しの依頼メールが届いた。それに沿って話の矛盾点の解消やエピソードの追加、表現の変更などを行っている。

脳内で登場人物たちが動き始める。それを一花は文章に綴っていく。

目の前のパソコンの画面上では、一花と圭吾が帰り道に手をつないで歩いている。自宅玄関まで十メートルのところで止まると、そっと一花の額に圭吾の形の良い唇がふれた。

実際にキスなんかされていない。でも送ってもらったときの、なんとも言えない胸の疼きや鼓動の速さがイメージとなって一花の頭の中に広がっていた。

（圭吾のおかげだな……）

一花自身、以前書いたものよりも随分良くなっている手ごたえがあった。今まではどこか文章に思いをぶつけるという感じだったが、今はすらすらと言葉が出てきて、思いを文字にのせている感じだ。

その集中を途切れさせたのは、メールの受信音だった。本当ならば邪魔されたくないと感じるところだが、そのメールが誰からなのか知っている一花は頬を緩めた。

【今、帰るところ。腹減った】

終電間際のこの時間、いつも会社帰りの圭吾はメールを一花に送ってくる。

内容なんて何もない。でもその中身のないメールのひとつひとつが、最近の一花の原動力になっていた。

〝こいのぼり〟に行って以降仕事も忙しく、休みも合わないふたりは実際に会うことはなかった。けれどこうやってメールを交わし電話をすることで、その距離はどんどん近くなっていた。

【お疲れ様。今、原稿やってる】

メールを送信すると、すぐに電話がかかってくる。もちろん相手は圭吾だ。

『原稿どうだ？　はかどってるか？』

「うん。今日は結構書けた気がする」

『頑張れよ。それしか言えないけど。俺も一花の本楽しみにしてるから』

「うん。ありがとう」

初めて圭吾が一花の小説を読んだと知った時、恥ずかしくて仕方がなかったが、まだ最初しか読んでいないと言っていたので、圭吾は物語のヒーローが自分だとは気がついていないようだ。

『まぁ、俺がこうやって恋愛レッスンしてやってるんだから、出来て当たり前か』

「感謝してます。ありがとう」

本当に感謝しているからか、素直に感謝の言葉が出た。

『な、なんだよ。急にそんな反応されると、困るんだけど』

電話口の声色がいつもの自信満々なものとは違い、少し小さい。一花はそれがおかしくてつい笑ってしまう。

一花の笑いを遮るように、圭吾が用件を告げてきた。

『今度の土曜、俺仕事なんだけど、一花もそうだろ？』

「うん、そうだけど」

『終わったら会おう。何の日かわかってるよな？』

手帳を見ると日付は二月十四日バレンタインデーだ。

「バレンタイン？」

『そうだ。恋人たちには大事なイベントだろう？』

「そうだけど……」

（〝仮の恋人〟でも大事なイベントなの？）

一花は喉もとまで出かかった言葉を口に出さずに、飲み込んだ。

せっかく圭吾が一花のために時間を作ってくれようとしている。それだけでも自分には十分ではないか。

〝仮の恋人〟としての間だけでも圭吾との時間を楽しむ。このころには一花は心にそう決めていた。それが後悔しないやり方だと思ったからだ。気を取り直して圭吾に尋ねた。

「何か欲しいものある？」

甘いものは好きだったはず。チョコレートは準備することにして他に欲しいものがないか聞いてみる。

『俺、お前の作ったカレーが食いたい。大学ん時の合宿で作ってくれてたやつ』

確かに合宿ではよくカレーを作っていた。在籍していたときはもっぱらその係りを一花が務めていた。

「いいけど……圭吾の部屋で作るの？」

『あぁ、その日俺も仕事だから俺んちの最寄り駅で待ち合わせしよう』

何でもないことのように言う圭吾。一方で一花は緊張した。大学時代は何度か圭吾の部屋に出入りしていた。体調を崩した圭吾の看病だってしたことがある。

しかし今は仮でも恋人同士だ。先ほど自分が書いた文章の中のふたりがキスした光景が思い浮かんできてひとりで赤面してしまう。

（電話でよかった。このすぐに顔が赤くなるの、どうにかしないと）

『一花？　それでいい？　七時なら間に合いそうか？』

「うん。土曜は五時半までだから間に合うよ」

勢いにつられてＯＫの返事をしてしまっていた。そもそも一花は最初から断るつもりがなかったのだからそれでよかったのだと思う。

『サンキュー。あのカレー食えると思うとテンション上がってきた』

「まだ木曜だよ」

突っ込みながらも、自分との約束を心底喜んでくれていることが嬉しいような恥ずかしくてこそばゆいような感覚が胸を占める。

『じゃあ、またな。原稿と仕事無理して体壊すなよ』

「うん、じゃあね。お休み」

一花の言葉に『おやすみ』と返した後、圭吾は電話を切った。

「おやすみ……か」

最後に聞いた圭吾の言葉を、頭の中で繰り返してしまう。急に決まった、一花にとって初めての〝彼氏〟のいるバレンタインデー。

（仕事帰りだからおしゃれできないな……）

クローゼットの中身を思い出しながら色々と想像する。圭吾と会うときはもちろん、こうやって会うまでの時間も楽しいということに最近気がついた。

その気持ちを大切に抱きながら、週末が来るのをいまか、いまかと待った。


「お疲れ様です！　お先に失礼します」

いつもならロッカールームでのおしゃべりに付き合うこともある一花だったが、この日は帰り支度をさっさと済ませると急いで自転車に飛び乗った。

自転車のかごの中に入っているのは、エプロンとちょっとした調理器具。それと圭吾のために準備したバレンタインチョコレートだ。

自転車が加速すると、冷たい風が肌を刺す。でも今の一花はそんなことは全く気にならない。暗くなった道を駅まで自転車を走らせたのだった。

【仕事早く終わったから、一旦部屋に帰る。電車乗ったらメールして】

終業後確認したメール。待たせていると思うと急いで圭吾の元に向かわなくてはと少し焦る。

駅について自転車置き場に自転車を停めた。

圭吾に言われて買った乗車カードを改札にかざしてホームへと急ぐと、次の電車が来るまで後三分ほどの時間があった。

スマホを取り出して、圭吾に間もなく電車に乗ることを伝える。するとすぐにメールの受信画面に切り替わり圭吾からの返事が来た。

【駅で待ってるから、気を付けて来いよ】

こういう時いつも最後は〝気を付けて〟だ。子供扱いされているような気がするけれど、圭吾のこの優しさが一花は好きだった。

到着した電車に乗る。帰宅ラッシュの時間で車内は多少混雑していたが不快なほどではなかった。一花は窓に映る自分の服装をチェックした。

いつもはパンツばかりだが、今日はクリーム色のキュロットスカートにタイツを合わせていた。目ざとい知恵に「珍しいね」とニヤニヤしながら突っ込まれたが、圭吾に少しでも可愛くみてもらいたいと思うせめてもの乙女心だ。

ポンチョ型の青いダッフルコートにマフラーもお気に入りのものを選んだ。よく考えてみれば、部屋に着いたらすぐに脱いでしまうものだ。しかし今の一花はそんなことに気がついてもいなかった。

（エプロンだけは、シンプルなストライプのしかなかった……今度可愛いの買おうかな？）

これから何度彼の前でエプロンをつけるだろうか。そう考えて胸に走った小さな痛みを必死でかき消して、暗闇の中に浮かんでいる外の景色をぼんやりと眺めていた。

圭吾の待つ駅に到着して、急いで階段を駆け下りた。

お気に入りのブーツは、安定感がよく早く圭吾の元にたどりつける。

改札を抜けると、えんじ色のダウンジャケットに身を包みポケットに手を入れた圭吾が立っていた。すぐに一花を見つけ、こちらに歩いてきた。

「お疲れ。ずいぶん早かったな」

腕時計を見ると、六時四十分。予定では七時だったから確かに予想していた時間よりは早い。

「仕事が早く終わっただけだよ」

なんだか急いできたことを知られるのが恥ずかしくて、ぶっきらぼうに答えた。

「そうか……。俺に会いたくて走ったんだな?」

圭吾の指が、一花の前髪に伸びてきて綺麗に整える。

(階段走ったのばれた?)

なんだか強がった自分の発言と、圭吾の自信満々の発言の両方が恥ずかしい。

「もう、待たせると悪いって思っただけだよ」

「そうか、そうか。サンキューな」

一花の言い訳など全然聞かないで満面の笑みを浮かべている。一花は唇を尖らせ抗議したが、その満面の笑みに釣られるように一花も笑顔になった。

ふたりで、駅の近くのスーパーに寄る。

「何買えばいいかな? コンソメに、カレールーと塩コショウ……」

材料を挙げていく一花に、圭吾が家にあるものを答える。

「米と、塩コショウはある。あと牛乳」

「牛乳はカレーに使わないし」

声を出して笑いながらふたりで買い物をする。大学時代にも花見や、合宿の買いだしで一緒にカートを押しながら買い物をしたことがある。でもそのどれとも違った雰囲気が今のふたりの間に流れていた。

レジでは財布を出す圭吾を一花が止めた。

「バレンタインなんだから、圭吾が払っちゃ意味ないでしょ？」

そう言うと、圭吾は「そっか」と顔をほころばせた。

スーパーを出ると買い物の荷物とともに、一花が持ってきた紙袋も圭吾が持ってくれた。

「何が入ってんの？」

「エプロンとか、必要そうなもの適当に持ってきた」

なんだかそこでチョコレートの存在を言うのを恥ずかしく感じて、一花は黙っておいた。

それ以上圭吾も突っ込んでくることもなく、ふたりは冬空の下急ぎ足でアパートへと向かった。

三階建てのアパートは駅からも近く比較的新しい方だった。圭吾の部屋は二階の角部屋だ。先に階段を上り切った圭吾が部屋の鍵をあけて待ってくれていた。

部屋に入ると、玄関には何足かのスニーカーと革靴が転がっていて、その隙間に圭吾が今履いていたスニーカーを脱いだ。

一花もそれにならって、ブーツを脱いで壁に立てかける。

玄関入ってすぐ右側がトイレかバスルームだろう。扉がふたつ並んでいた。その先の扉を圭吾が開けると焦げ茶色のソファが目に入ってきた。

雑誌や本が部屋のそこかしこに積まれていて、大学時代と変わらない印象だった。

しかしゴミが散らかっているわけでもなく、服が脱ぎ捨てられているわけでもない。一花が来るので少しは片づけたのだろう。

「荷物適当に置いて」

圭吾はダウンジャケットを脱ぐとソファにかけた。ハンガーなんて気の利いたものが出てこないのが圭吾らしいなと一花は思い、同じようにソファの背もたれに脱いだコートをかけ、すぐに紙袋を持ってキッチンへと移動した。

「キッチン綺麗だろう?」

後からついて来て自慢げに言うが、おそらくこのキッチンが使われたのは数えるほどだろう。でもそれがこの部屋に女の人が頻繁には出入りしていないことの証明のようで少し嬉しくなる。

(でも、まったく料理しない人かもしれないしね……)

過剰な期待をしないように自分に言い聞かせて、エプロンをつける。その横で圭吾はスーパーで買ってきたものをキッチンに並べていた。

「俺もなんか手伝うよ」

「でも、圭吾包丁使えないでしょ？」

以前も同じように言われてお願いしたら、その手つきがあまりにも危うかったので結局一花が全部やったことを思い出した。

「そう言うだろうと思って、文明の利器を手に入れたんだよ」

ジャーンとでも言いたそうに取り出したのは、ピーラーだった。

まだパッケージから出していないそれは、おそらく買ったばかりなのだろう。

「この日のために準備したんだ」

嬉しそうにパッケージを開けていく圭吾。

「じゃあ皮むきお願いしようかな」

お米を研ぎながら一花は圭吾に皮むきを頼んだ……のだけれど。

「うわっ！」

「ちょっと、危ない！　どうやったらそんな使い方になるの？」

圭吾は早速ピーラーでジャガイモの皮をむき始めたが、やっぱり見ているほうがヒヤヒヤするほど危ういものだった。

「大丈夫だって……いてっ」

指を負傷したらしい圭吾は、左手の人さし指をみつめていた。爪が少し切れてそこから赤い血が滲みだしているのが見えた。

「だ、大丈夫じゃないじゃない。血が出てる」

驚いた一花は包丁を置いて、手を拭いた。

「絆創膏貼る？」

「んー？　それよりも別の方法で治療してよ」

何かを思いついた様子の圭吾は、一花の顔を至近距離からのぞき込む。そしてうっすらと血が滲む指先を一花の顔の前に差し出した。

一花はびっくりして一歩下がり、指先と圭吾の顔を交互に見た。

「別の方法って……？」

尋ねる一花の唇にそっと圭吾の指が触れる。

「舐めて」

「なっ……！」

「消毒しないとばい菌が入るかもしれないし、あいにくうちには消毒薬なんてないんだよ。

だからほら、一花が消毒して」

またからかわれているのだろう。一花が反論しようと口を開く。

「もう、いい加減に……んっ」

するとスルリと圭吾の指が開いた唇から口内に滑り込んでくる。

「ほら、一花、ちゃんとなめて消毒して。バレンタインデーなんだから俺のお願い聞いてくれるよな？」

一花に甘えるような言葉だが、取っている行動は有無を言わせないものだった。

すでに圭吾の長くて骨ばった指が、一花の口の中にあるのだ。いまさらどうしようもない。

「んっ……ん」

観念した一花は圭吾の傷口が痛まないように、口内で舌先を使ってできるだけ優しく舐めた。

（こんなのって、消毒になるの？）

「そう、もっとちゃんと舐めて」

一生懸命圭吾の言う通りにする。舌先で感じる初めての感覚に戸惑い、圭吾の顔を見つめた。

圭吾の視線は一花の口元に注がれていて、その瞳には今まで一花が見たことがない艶めきが滲んでいる。

それを見た一花の首筋に、なぜだかゾクゾクとした感覚が走った。口元からは唾液の音が響く。得体のしれない何かが押し寄せてきた。それに我慢ができなくなった一花が圭吾の腕をつかんだ。

するとハッとした様子で、圭吾が一花の顔を見る。

恥ずかしくて、瞳が潤んでいるのが自分でもわかった。

目が合った瞬間、圭吾はその瞳を見て一花の口内から自分の指を引き抜いた。

「わりぃ。俺ちょっとトイレ行ってくる」

圭吾がキッチンを出ていく。それを見て一花はへなへなとその場に座りこんだ。

（何なのこれ……一体……！）

圭吾がいなくなった瞬間に一花の胸がドキドキと音を立て始めた。胸に手をやると服の上からでも鼓動が感じられそうな勢いだ。

「いつもの圭吾のおふざけだよね……」

口内にはまだ圭吾の指の感覚が残っている。それを振り払うようにして一花はその場によろよろと立ちあがった。圭吾はまだ戻ってきていない。

なるべく普段通りにしようと、深呼吸をして包丁を持ち直した。人参の次に玉ねぎを切り始める。玉ねぎの刺激で目に涙が滲み始めたころ圭吾がキッチンを覗きこんだ。

「俺、手痛いからあっちで待機してる。出来上がったら運ぶから呼んで」

いつもなら一花の目を見ながら話をするのに、今はなんだか目線が合わない。それでもこれ以上キッチンにいられると変に意識してしまいそうなので頷いた。

圭吾の顔が見えなくなり「ふーっ」と大きな息をひとつはいて気持ちを落ち着けた。

カレーを作ることで気持ちを切り替えようと、目の前の材料に意識を集中させた。

キッチンからカレーのいい匂いが漂い始めたころ、ピーピーと炊飯器がご飯が炊けたのを知らせてきた。

アボカドとエビをのせたサラダも一緒に準備して圭吾を呼んだ。

「圭吾、できたよ。ビール準備するからこれ運んでくれる?」

料理をしている間に、暴れていた心臓もおとなしくなった。できるだけ普通に圭吾を呼んでテーブルに料理を運んでもらうことにした。

ローテーブルにはいつの間にかノートパソコンが拡げられていて、床には仕事の資料だろうか、紙が何枚も散らばっていた。

「おー。すぐ行く」

圭吾はマウスをクリックしながら一花に返事をした。

「その前にそこのテーブル片づけてもらわないと、ご飯食べられないよ」

「あ、そうか。すぐにどかすよ」

ノートパソコンをパタンと閉じてバッグにしまい、散らばっていた紙をかき集めている。

「もう、しょうがないな。圭吾はビール係ね」

布巾をもってテーブルに向かい綺麗に拭いた。

キッチンに戻ると、鍋の中身を嬉しそうに覗いている圭吾がいた。

「美味そう、早く食おうぜ」

ビールとサラダを乗せたトレイを圭吾が運ぶ。その間に一花はカレーをお皿によそい、それをテーブルへと運んだ。

「いただきます！」

ふたり一緒に手を合わせてカレーをほおばる。

「美味い！　なんだろうなこの絶妙な辛さ」

一花が見ている目の前で、圭吾はスプーンでカレーを次々に口に運んだ。そしてあっと言う間に皿の上が空っぽになる。

「おかわりっ！」

最後の一口を食べ終わると皿がすぐに差し出される。

（小学生が給食食べてるみたい）

「ちょっと待ってて」

座ってから一口しかカレーを食べていない一花だったが、苦笑を浮かべてカレーをよそいにキッチンへと移動した。

鍋の中のカレーはまだアツアツだ。そのままご飯にかけて圭吾の元へ届けた。

「ありがとう。やっぱ一花のカレーが一番うまい」

目尻にしわを寄せ口角をきゅっとあげて笑顔になる圭吾を見ていると、一花も同じように笑顔になった。

「市販のルー入れてるだけなんだけど。まぁいっか」

褒めてくれているのだ。それ以上は深く考えないでおく。

すると圭吾が人参をスプーンに乗せて観察している。

「気がついた？」

向かいに座る圭吾をチラリとみて、様子を窺う。

せっかくのバレンタインなのだ。凝った料理はしない代わりに人参をハート型にしてカレーに入れておいた。しかも途中で恥ずかしくなってお鍋の中に三個だけ。

「なかなか可愛いことするな。こういうの嫌いじゃない。プラス十点な」

そう言うとパクンとその人参を口に入れた。「うま～」と言いながら、さらにスプーンでカレーをすくう。

「一体、何の点数……？」

「今、お前恋愛猛特訓中だろ？　今日はよくできました」

テーブル越しに手を伸ばして一花の頭をクシャクシャと撫でる。大学時代に圭吾が一花に対して、嬉しかったり、照れ隠しだったり、ちょっとからかったりするときによくした仕草だ。

（よく考えたら、圭吾以外にこんなことする人いないな……）

一花にとってはずっとずっと特別な相手、それが圭吾だ。

改めて距離の近さに気がつく。

こうやって男の人の部屋にいることも、一緒に食事をするのも圭吾とだけだ。

（ほかの人のこと、どうやって好きになったらいいんだろう）

楽しい時間のはずなのに、現実的なことを考えて気持ちがざわつく。

「ん～？　どうした？」

急に黙り込んだ一花に、圭吾が不思議そうに尋ねた。

「なんでもないよ。食べ終わったしビールもうちょっと呑む？」

「おう。さっき買ったチーズ食おうぜ」

そんな会話を交わしながらふたりでキッチンに並んで食事の片づけを始めた。

一花が洗い、手を怪我している圭吾がそれを拭いて片づけている。

「飯作るのはいいけど、片づけが面倒なんだよな」

「圭吾、全然料理できないでしょ？」

大学時代からずっと圭吾が料理する姿など一度も見たことがない。

「そんなことない。目玉焼きは作れる」

偉そうに胸を張って言う圭吾がおかしくて、一花はたまらず噴き出した。

「別に笑うことないだろ」

「ごめん。じゃあホワイトデーは圭吾の作った目玉焼きごちそうして」

何も考えずに無邪気に一花がおねだりをする。

「いいけど……俺、朝しか目玉焼き作らないからな。朝飯だぞ目玉焼きは」

「そっか残念。それじゃ私食べられないね」

「お前な、そういうときは〝朝まで一緒にいていいの？〟とか言えないわけ？」

「朝まで一緒に？」

自分で口にしてみて、それがどういうことなのか理解した。

「な、何言ってるの!?」

途端に挙動不審になった一花を圭吾はからかう。

「一花こそ一体何考えてるんだよ。エロい」

「別にエロくなんかないよ、そんなこと考えてないし」

恥しいのをごまかすように手を動かすと、あっという間に片づけが終わった。ビールとおつまみをトレイにのせてローテーブルにふたりで移動する。

先にソファに座った圭吾が、隣をポンポンとたたいて一花を誘導した。

隣に座り笑顔で圭吾の方を見ると、不意に頬に彼の綺麗な指が伸びてきて、食事の前に長く骨ばっている指を舐めたことを思い出しドキリとした。

するとその指は、頬をすっと撫で一花の唇についていた髪を取り除く。触れられると思うと、思わず体がこわばってしまった。

そんな姿が圭吾にとっては面白いらしく、ますます一花をからかう。

「お前原稿、うまくいってないだろう?」

「え……!?　どうしてそれを……」

永山と同じ部署にいるのだ、それくらいの話は耳に入るのかもしれない。

「猛特訓の成果はどうなってるんだよ？」

「私はいい感じだと思うんだけどね、永山さんにもう一つ何かが足りないって言われちゃって」

昨日の夜に来ていたメールにはいくつかの修正点が書かれていた。

「それは圧倒的に経験値が足りないからだろ？　ある程度のリアリティがないとダメだからな。そのためにこうやって特訓してるんだ。いや……」

ひざに置いてあった一花の手を圭吾がふわりと撫でた。

「もっと特訓が必要ってことだよな？」

さっきとは違う色をたたえた圭吾の瞳が目に入った瞬間、手をグイッとひっぱられた。

予期せぬ出来事に一花はされるがままだ。

引き寄せられて、目の前には圭吾の筋張った首筋がある、上下する喉仏を見るとなぜか胸がきゅっとなった。

「ちょっと圭吾、いきなりダメだよ」

「ダメじゃないし。恋人同士がバレンタインにやること、ちゃんとやらないと」

背中が何かに引っ張られる感触がして、確認すると身に着けていたエプロンの紐を圭吾がほどいていた。

「やだ。待って」

逞しい腕に抱きしめられて、一花はそこから逃げようとする。

「俺にこうされるの……嫌？」

聞いたことのないぐらい甘い圭吾の声が、一花を耳元で誘惑する。

「嫌……じゃない……」

（嫌じゃないから困ってるのに！）

心臓がドクドクと音を立てている。そこから送り出される血液の温度がいつもよりも高いのか全身に熱がこもる。

「じゃあ、これは？」

頬に圭吾の唇が押し当てられた。想像よりも柔らかい感触が一花の心をまたもやかき乱す。

「き……らいじゃないけど」

「じゃあ、次のこれは？」

正面から見つめられて、先ほど怪我をした指が一花の髪を耳にかけた。

そしてそのまま頬を両手で包み込むと、目を閉じながら顔を傾けてくる。

そっと圭吾の唇が一花に触れる。そしてその赤い唇を包み込むように角度を変えてキスをする。

「ん……」

驚いた一花が鼻に抜けるような声を上げる。

同じ唇なのに先ほど頬に触れた時より、もっと柔らかい気がした。そしてあったかい。

「これも、嫌じゃないよな？　……じゃあ好き？」

唇が離れた瞬間、熱のこもった目で一花を見つめる。

両手で包み込んでいる一花の顔を圭吾の親指が優しく這う。

（こんな甘い圭吾知らない……）

一花は初めて見る圭吾の顔に、気持ちがどんどん昂ぶっていくのを感じた。

「そういうこと……聞かないで」

目を伏せて、そう答えるのが精いっぱいだった。

「それって、もっとしていいってことだよな」

圭吾の声もいつもと違って低く、そして掠れていた。

もう一度圭吾の顔が傾く。

一花もそれにあわせて、目を閉じて薄く唇を開いたまま彼を受け入れる。

触れ合うとすぐに開かれた唇から、圭吾の舌が侵入してきた。とまどいながらも受け入

れて、しかしどうすればいいのかわからず、ただ圭吾にされるままになる。

お互いの舌と舌が絡み合う、繰り返されるキスに唇がジンジンとしびれて、感覚がだんだんなくなってくる。

「ん……あ、ふぅ」

呼吸もままならずに、熱い吐息が漏れる。

「舌出して」

唇が触れ合たまま、圭吾が言う。それに一花は素直に従った。

差し出した舌は、すぐに圭吾の舌に絡め取られた。開けたままの一花の口元から唾液が首筋に伝う。時折圭吾の唇が一花の舌を扱くように愛撫した。それをされるとブルリと体が震えどんどん熱くなっていく。

それまで、首の後ろに添えられていた圭吾の手がゆっくりと背中を撫でる。そしてそのまま一花の胸元にその手がのびてきて、服の上から優しくすくうように触れてくる。

（このまま……もっと進むつもりなの？）

どうすればいいのかわからないまま、圭吾に翻弄され続けた。胸に添えられていた手が服の中に侵入しかけたとき……。

……ウーウーウー。

一花のスマホが震えはじめた。

一花の素肌に触れようとしていた圭吾の指がストップし、一花も目を開いた。ふたりの目が合う。

「電話だな……」

「電話だね……」

ふたり同じことを声にだして、一緒に声を上げて笑い始めた。

さっきまでの甘い雰囲気はあっと言う間にどこかにいってしまい、ふたりの笑い声とスマホの震える音だけが聞こえる。

「出なくていいのか？」

「ん……出るよ。あ、お姉ちゃんだ」

画面を確認すると、表示されている名前は姉の美花だった。

「遅くなるって言ってなかったのか？　とにかく早く出ろ」

「ううん。お母さんにはちゃんと言ってたんだけど……もしもし」

画面に表示されている〝通話〟を押して電話に出ると、美花の焦ったようなけたたましい声が聞こえてきた。

『一花〜！　どうしよう。私、お父さんにチョコ準備するの忘れてたー！』

この世の終わりだとでも言うような慌てぶりだ。

「別にそれくらいなんともないでしょ？　明日でもいいじゃない？」

『何言ってんの！　一昨年渡し忘れてて、翌日凄く機嫌が悪くなったでしょ？　その後大変だったんだもん。彼氏んちにお泊りもできなくなってさ……』

美花にとって結局大事なのはそこなのだ。彼との時間を父親に邪魔されないために、この日は大っぴらに賄賂を贈る大事な日。

「それで、私に泣きついてどうするつもりなの？」

『一花、お父さんへのチョコ買ってあるわよね？』

「ん、準備してる」

『それを、私と一緒に買ったたってことにして渡して。ね？』

電話なので見えないが、受話器の向こうで美花がお願いポーズをしているのがわかる。

「わかったよ。じゃあそう言って渡すね。お姉ちゃんはいつ戻るの？」

『バレンタインデーに家に戻るなんてあり得ないから』

はっきりと言い切られて、一花は目をぱちくりとさせた。

（さっきまで私に泣きついて来ていたのは誰よ！）

変り身の早さに我が姉ながらあきれる。

『じゃあ、今日中に渡してね。お父さんのお守り任せたわよ』

「ちょ……」

一花の話などまったく聞かずに美花は電話を切った。

あまりの展開にスマホを握る手がわなわなと震える。

(私の都合はいつも無視なんだから……)

「おい、何かあったのか?」

隣で圭吾が心配そうに見ていた。一花は手元のスマホで時間を確認する。時刻はすでに二十二時半だ。美花の言う通り、今日中に父親にチョコを渡すならばそろそろ帰らなくていけない。

「なんでもないんだけど。もう帰らないといけなくなっちゃった」

帰り支度のためにエプロンの紐をほどこうとすると、それはすでに圭吾の悪戯な手によってほどかれていた。

先ほどまでの行為を思い出して、面映ゆくて圭吾の顔をまともに見ることができなかった。

そのままエプロンをたたんで、紙袋にしまう。するとそこには綺麗にラッピングされたチョコレートがあった。もちろん圭吾に渡すためのものだ。ここに来てから色々あって渡すタイミングを逃してしまった。

（今、いきなり差し出すのもなぁ……私としては本命チョコのつもりなんだけど〝仮〟の彼女だから義理チョコになるのかな……？）

色々考えすぎて、ますます袋の中身が取り出せなくなる。

「遅い時間だし、タクシーにするか？　ちょっと出ればすぐに捕まるから」

圭吾はダウンジャケットを身につけ、外に出る準備をしている。

「タクシーに乗るから、私ひとりで大丈夫だよ」

慌てて止めようとするが、圭吾は軽く一花を睨んできた。

「お前はしっかりしてるようで、ヌケてるんだ。たまに会えた時くらいは甘えていいんだよ」

手を伸ばしてまた前髪をクシャリとかき回した。

「じゃあ、お言葉に甘えるね」

会話をしながら玄関に進む。一花は先にブーツを履き終え、バッグの中を確認する……ふりをした。

「あれっ？　圭吾、私、携帯を部屋に忘れたみたい。ブーツ履いちゃったし、見てきて」

「なんだよ。面倒だな」

頭を掻きながらリビングへ向かう圭吾の姿を見て、心の中で「ごめんね」と謝る。

そして紙袋からさっとチョコレートを出して玄関の棚に置いた。

そこは、部屋から出るときには気がつきにくいが、帰ってきたときはすぐに目が留まりそうな場所だ。

一花は「ごめん！　ポケットに入ってた」とリビングにいる圭吾に声をかけた。これで作戦は完璧だろう。

「なんだよ、さっきヌケてるから気をつけろって言ったばかりだろ？」

不服そうな顔をしているが、怒っているわけではない。一花がもう一度「ごめんね」と言うと一花の手をひいて玄関の扉をあけた。

鍵をしめて階段を降りる間も一花の手は、圭吾の大きな手のひらに包まれたままだ。

手袋を付けているときよりもずっと暖かい。それは手だけなく一花の心の中まで温めているからだろう。

大通りにでると、圭吾が言った通りすぐにタクシーが捕まった。タクシーに乗り込む瞬間、離れた手がすごく寂しくて一花は自分の手でそれを握ってごまかした。

「じゃあ、また連絡する。風邪ひくなよ」

「うん、お母さんみたいなこと言わないでよ。じゃあね」

「よろしいでしょうか？」

ふたりの会話を聞いていた運転手が声をかけてきた。

「出してください」

一花の声を聞いて圭吾はタクシーから離れた。

ゆっくりとタクシーが走り出す。車の後ろのガラス窓からは、街灯に照らされて寒そうにしながらこちらに手を振る圭吾の姿が見えた。

一花も後ろを向いて一生懸命に手を振る。車が角を曲がって圭吾が見えなくなり前を向いて座りなおした。そのとき車のバックミラーで笑顔の運転手と目があった。一花は恥ずかしくなり軽く会釈をすると、窓の外に目を向けた。

しかし、外の景色が脳内に入ってくることはなかった。今の一花の頭の中は圭吾でいっぱいだからだ。いつもの笑顔に、少しすねた顔。軽くにらむ顔、それに……見たこともない男の顔を見せてくれた。

間もなく家に到着するというところで、スマホが震えた。

それは圭吾からのメール。

【あんなところにチョコ置くとかあり得ない、直接渡せよ。マイナス二十点。でもお前からのチョコ嬉しかった。ありがとう】

ぶっきらぼうだが、暖かい圭吾らしい文面に目を細めたころタクシーは自宅へと到着したのだった。

第三章 〝仮〟のせつなさ

翌週の木曜日の午後。お弁当を食べ終わった後の眠い時間を児童書コーナーのディスプレイの時間にあてていた。

先日まで飾っていた節分やバレンタインの本から、雪やそり遊びの本に切り替えた。また間もなく三月がくるので春を待つ本もいくつかよく目につくところへと移動したりと色々と忙しい。

子供の目線からも見やすいように、何度かかがんで手書きのポップや本のチェックをしていた。そこに背後から声をかけてきたのが、水泳部の後輩マネージャーの前野《まえの》由紀だった。

「由紀《ゆき》ちゃん」

「一花先輩！」

「仕事で使う本探しに来たんです。そうしたら一花先輩の姿が見えたんで、走ってきました」

「でも、館内は走らないでくださいね」

「はぁい」

ふたりでクスクスと笑い合う。

由紀は幼稚園の教諭で、時々こうやって図書館の本を借りて行っては、読み聞かせや、園児たちの行う劇の題材にしている。

「新作何かいいのありますか？」

「具体的にはどういったものをお探しでしょうか？」

司書の仕事として〝レファレンス〟という仕事がある。図書館の多くの蔵書の中から題名がわかっているものであれば、検索機を使って場所を調べ案内するだけでいいのだが、たとえば「りんごの種類について詳しく書いてある本」というような質問に対して、具体的な本を何冊か提示するのがこのレファレンスの仕事だ。

「もう、そんな真正面から仕事しないでくださいよ」

「一番困るのよ……何かいいものって言われるのが。でも面白かったたって返却の時に言われるとそれはもう司書冥利に尽きるんだけど」

「はい。はい。先輩の司書魂はわかりました。あっそうだ。聞きました？　山田先輩結婚するんですって」

急に思い出したのか、話を切り替えてきた。

「山田先輩って水泳部の一つ上の？」

「はい。それで結婚式が来週の土曜日なんですよ。二次会は水泳部のみんなに声をかけてるみたいで、どんどん誘ってほしいって言ってました。一花先輩も一緒に行きません？披露宴の都合で二次会七時からなんですよ。少し遅れても大丈夫だって言ってましたし、久しぶりにみんなで飲みましょうよ」

一花の腕をつかんで揺すりながら、由紀が誘ってくる。

「ん～みんな来るんだったら行きたいな。本当に会うの久しぶりだし」

「黒木先輩も来るみたいですよ？」

意味ありげな顔で一花を覗きこむ。

「どうしてそこで黒木くんの名前が出るの？」

「またまた……王子ますますかっこ良くなってますかね～」

「由紀ちゃん、何を言ってるの彼氏いるでしょ？」

たしか前に会った時に自慢していた。

「彼氏と王子とは別です！　眼福にあずかれるなんて楽しみですよね？」

（そんな同意を求められても、困るんだけど）

　確かに優馬に会うのは楽しみだ。しかしそれは懐かしい友達と会うという単純な気持ちだ。由紀とのテンションの違いに戸惑ってしまう。

「一花先輩って今フリーでしたよね？　こういう同窓会とか結婚式の二次会とかって大切な出会いの場なんですよ。だからね？」

「何が〝ね？〟なの？」

　一花の言葉に、由紀はあきれたような顔をして首をふった。

「だからちゃんと私の話を聞いていましたか？　出会いの場なんですから気合い入れてくださいね。それに〝焼け木杭《ぼっくい》には火が付き易い〟んですから、それを狙ってもいいんですよ！」

　一花には、由紀の言うことがさっぱり理解できていなかったが、こういう時は昔から笑顔で「わかった」と頷いてやりすごすことにしていた。

「わかったよ。頑張るね」

　由紀の力の入り具合に少々引いていると、向こうからパートの職員が一花を呼んだ。

「ごめんね。行かなきゃ」

「詳細はまた連絡しますね～」

他の人の目になるべく入らないように小さく手を振って呼ばれたカウンターへと急ぐ。

（そういえば、圭吾はこのこと知ってるのかな？　黒木くんが出席なら圭吾も出席するかもしれない）

「中里さん、今月の図書館便りなんですけど……」

「あ、はい。ちょっと待っててくださいね」

私事に支配されていた脳をリセットして、仕事へと頭を切り替えた。


その日は、由紀から聞いた二次会の話をしたくて、一花は珍しく自分から圭吾に電話をかけた。

何度か呼び出し音が鳴ったが、留守電になる気配も応答される気配もない。あきらめて電話を切ろうとした瞬間、圭吾の声が聞こえた。

『ごめん。遅くなった。どうしたんだ、お前が電話してくるなんて珍しいな』

どうやらまだ外にいるようで背後はずいぶんと騒がしかった。少なくとも残業中のオフィスではない。

「大した用事じゃないんだけど、今少し大丈夫？」

『あぁ、会社の飲み会なんだ。少しなら平気だ』

平気というが時間はそんなにないのだろう。どこかいつもとは雰囲気が違った。

タイミングの悪さを恨んだがせっかく電話にでてくれたのだ。用件を告げようと口を開く。

「来週の土曜なんだけど、圭吾何か用事ある？」

『……来週の土曜って。一花、お前仕事だろ？』

反対に質問されて「うん」と返した。

『俺も……その日は用事があるんだ。ゴメン。なんかあった？』

その時、電話の向こうから圭吾を呼ぶ声が聞こえた。

『久米井くぅん。いつまでも電話してないでこっちで飲もう。あ！　もしかして電話してるのって噂の彼女だ!?』

『な、何言ってるんですか、彼女じゃないですよ。俺もすぐ戻るんで先に戻っていてください』

（彼女じゃないです。か……）

圭吾の言っていることは本当だ。嘘なんてひとかけらもない。

でもその言葉が一花の心をギュッと締め付けた。

「用事はそれだけ、だから戻って。ゴメンね飲み会中に」

『おい……一花?』

まくしたてるような口調が気になったのだろう。圭吾が話を続けようとするが一花はそのまま電話を切った。

スマホをベッドに放り投げて床に膝を抱えて座る。

放り出されたスマホが震えているのが聞こえたがそれを無視して膝に顔をうずめた。

(思い上がっていてバカみたい……)

頭では理解していたつもりだ。圭吾はあくまで作品のために一花と恋愛の真似事をしているだけだと。

しかしどんどん距離が近づいて行くにつれ、自分の気持ちと圭吾の気持ちが一緒なのだと一花は誤解と期待をしてしまっていた。

永山から原稿の修正についての指示がきていた。提出期限までそんなに時間はない。本来ならば、パソコンにむかって作業を進めていなくてはいけない時間だ。

しかし今は、幸せな言葉が一言も浮かんできそうになかった。ひざに顔をうずめたまま、じっと心の中のざわつきと抑えようのない切なさが去っていくのを待った。

「圭吾、絶対変に思ってる」

電話を切る間際に聞こえた〝一花〟と呼ぶ声がいつまでも耳に残っていた。

そして翌週の土曜日。

一花は由紀と一緒に山田の結婚式の二次会に来ていた。

運よく早番の日にあたった一花は、一度家に戻り着替えを済ませて電車で会場に向かった。

ダイニングバーでの二次会はかしこまったものではないと聞いていたので、黒地に鮮やかな花柄のAラインのワンピースにビジューのついたカーディガンを羽織った。アクセサリーはシンプルにパールをセレクトした。

時間もなかったので、髪はハーフアップにして同じくパールのピンでとめ、コートを羽織り、普段はなかなか出番のない八センチのゴールドのパンプスを履くと、急いで家を出た。

到着したときには、すでに会は始まっていて会場は知った顔でごった返していた。

「一花先輩、今日は気合が入ってますね」

「そうかな?」

普段結婚式に出席するときよりは、カジュアルな服装だ。でも仕事中のパンツスタイルを見慣れている由紀にはそういう印象にうつるのかもしれない。

一花にシャンパンのグラスを差し出しながら由紀が声を上げる。

「先輩！　〝焼け木杭〟ですよ！」

両腕を摑まれて目をまっすぐ見つめられた。シャンパンをこぼさないように気を付け、由紀の言葉の意味を理解しようとするが、一花には理解できなかった。

「〝焼け木杭〟って……？」

「あっち見てください！　京香《きょうか》先輩とあれって、久米井さんじゃないですか⁉」

由紀は一花の言葉を遮り、驚く人物の名前を口にした。ゆっくりと振り向くとたしかに由紀のいう通り、京香と圭吾のふたりが仲良くワイングラスを持って話をしているのが見えた。

（圭吾……用事があるってこのことだったの）

ならばどうして自分を誘ってくれなかったのだろうか。由紀から聞いた印象では少しでも知り合いであれば、参加してほしいというニュアンスだった気がする。

しかしその理由は尋ねなくてもわかるような気がして、それまでの浮ついていた気持ちがすっと醒めるのを感じた。

「一花先輩、ああいうのがまさに〝焼け木杭〟ですよっ」

興奮した由紀が一花の腕をバンバンとたたいてくる。

（まさに……か）

当時もあのふたりが、今のように睦まじく会話をしていたのを羨ましく見つめていたことが頭に浮んだ。

それと同時に、圭吾に対する恋心とともに抱えていたチクチクとした痛みも思い出した。それは圭吾への思いを自覚したと同時にはっきりと知ることになった痛み。はじめて本気で好きになった相手、圭吾には、当時飯田《いいだ》京香という恋人がすでにいたのだった。

〝彼女のいる人を好きになるなんて〟、最初はそう思うこともあった。しかし一花の圭吾への思いは変わらないままだった。いつしかふたりは別れたという噂が立ったときに、嬉しい気持ちがあったのは嘘ではない。

しかし、その後聞いた噂は圭吾の京香への思いだった。別れは京香から切り出したもので圭吾はまだ好きだという話を聞いたときに、一花はふたりの別れを少しでも喜んだ自分を責めた。

圭吾は、そんな素振りは全く感じさせなかったが、無理をして明るくふるまっているのではないかと思うと、その話題を切り出すこともできなかったのだ。

「あのふたり、このまま復活愛ってなるんでしょうかね？」

由紀の言葉に我に返り、苦笑いで頷く。

（もし、そのつもりなら今日私がここにいたら都合が悪いもんね……）

一花と由紀のふたりの存在に京香が気づき、笑顔で手を振る。それと同時に圭吾の視線も一花を捉えた。

「一花……」

目を見開き驚いた顔を見せた圭吾。次の瞬間には気まずそうな顔をしてそれを隠すように髪をかき上げていた。

（やっぱり、私がここにいたら都合が悪いんだ）

さっきまで想像でしかなかったものが、胸の中で確信に変わる。そしてこの場にいることが苦しくなる。

声を出そうとしても喉が張り付いたようで声にならない。

一花は変に思われないように、取り繕うような笑顔をうかべてその場をごまかした。

「一花ちゃん、由紀ちゃん。久しぶりだね～！　由紀ちゃんちょっと痩せた？」

京香がこちらに、手を振りながらやってくる。圭吾も一緒にこちらに来るかと思ったがほかの人に呼ばれて、別のところに行ってしまう。

（よかった、目の前でふたりを見るのはやっぱりキツイ）

手元のグラスを見つめていると、京香の言葉がさらに一花の心を沈ませた。

「圭吾ったら、ますますかっこ良くなったと思わない？　今は出版社に勤めてるって。こんなことならあの時ふるんじゃなかったな。実は仕事の関係で前に一度会ったんだけど、そのときね……」

少しお酒も入っているのか、終始明るい声で話す。

（そんなこと圭吾一言も言ってなかった……）

「京香先輩、同窓会で復縁とかよく聞くじゃないですか？　さっき見てたらお似合いでしたよ。今からでも全然遅くないですよ」

「そうかな～じゃあ私頑張っちゃおうかな。圭吾もまんざらでもなさそうだったし。一花ちゃんはどう思う？」

名前を呼ばれていつまでも下を向いているわけにはいかない。顔をあげてとりあえずほほ笑んでみた。

「どうって言われても」

京香の圭吾に対する思いなど知りたくなかった。一花の心に小さなヒビが入る。

「だって、圭吾と一番仲のいい女子って一花ちゃんだったでしょ？　今だから言うけど圭吾と付き合ってるときちょっとヤキモチやいてたもん」

確かに仲はよかった。でもそれはあくまでも友達として。そしてそれは〝仮〟の恋人である今でも変わらない。きっと本命とうまくいくようなことでもあれば、圭吾はいくら仕事のためとはいえ一花との約束を終わりにするだろう。

「さぁ、どうですかね？　私そういうのに本当に疎くて」

どう思う？　と聞かれてこう答えることしか出来なかった。圭吾と連絡を取っているということや、先週も会っていたということは話さずにいた。

それは一花に芽生えた小さな独占欲だった。そのどこか暗い感情に心が支配されて苦しくなる。

「さっき、また会おうって言ったから、今度食事に誘ってみる！　あぁ今日来て大収穫だったわ」

「もう、京香先輩ってそんなにぐいぐいいくタイプでしたか？　そんなにしなくても、大学時代は京香先輩が久米井さんをふったんですよね。未練があったのはあっちなんだから、すぐにうまくいきそうですけどね」

「時と場合と相手によるわね。圭吾の気持ちがまた私に戻ってきてくれるといいんだけど」

隣で京香と由紀の会話を聞きどんどん気持ちが沈んでいくのがわかった。

時間がたっても心が浮上せずに、パーティーの間一花は俯き加減で過ごしていた。

主役のふたりに「おめでとう」とお祝いを伝えた後は、会場の奥にあるソファに座って手もとのグラスをひとり傾ける。

そろそろお開きの時間だろう。それまでここで時間を潰そうと考えていた。

ぼーっとしていると隣に誰かが腰掛けた。

「こんなところで、ひとりで何してるの？」

声をかけられて顔を見ると、それは卒業以来初めて会う優馬だった。

「黒木くん。久しぶりだね。仕事って確か……広告代理店だったよね？　忙しい？」

久しぶりに会った優馬は、相変わらずかっこよく照明が薄暗い店内でも輝いてみえる。

「あぁ、毎日午前様。ぶっ倒れてないのが不思議だと自分でも思うよ。それより一花ちゃんはどうしたんだよ。こんな隅っこで」

「仕事終わりに来たからちょっと疲れちゃって。休んでたの」

適当な言い訳をして、取り繕う。まさかここで圭吾のことを相談できるわけない。

「そうか。俺もさっきまで仕事でさ。この時間に終わったのなんか久しぶりだ」

少しネクタイを緩めながら、持っていたビールを煽った。

「は～美味い」

グラスをテーブルに置いた優馬を見ると唇にビールの泡が残っていた。

「ここ、泡がついてるよ」

唇を指さしながら教えるが、優馬はなかなかうまくすべての泡をとることができない。

「ちょっとじっとしてて」

まどろっこしくなった一花が手元のおしぼりで、優馬の唇を拭おうとして手を伸ばす。

しかしその腕がパシッと音をたてて誰かにつかまれた。

顔をあげて相手を確認すると、そこには険しい顔の圭吾が立っていた。

「圭吾、どうしたの？」

いつもとは違う雰囲気の圭吾に驚いている一花の手からおしぼりを奪い取り、そのまま優馬の顔をごしごしと拭く。

「わ……ぶっ、おい圭吾、久しぶりに会った親友に向かっていきなりこれはないだろう」

「綺麗にしてやったんだ。ありがたく思え」

おしぼりをテーブルに投げると、そう言い放つ。

「なんだよ。機嫌わりーな、久しぶりなんだからここに座って話そうぜ」

ポンポンとソファをたたくが、その誘いを圭吾は断った。

「悪いが、俺、明日仕事だからもう帰る」

〝帰る〟という言葉を聞いて今日一言も話ができていない一花はガッカリする。

（でも、今日はなんだかモヤモヤしてるしそれでよかったのかも……）

「じゃあ、一花ちゃん俺まだ飲み足りないから付き合ってくれる？」

優馬の誘いに「あ、うん」と返事をするとそれを遮るようにして圭吾が口をはさむ。

「ダメだ。こいつも俺と一緒に帰るからな」

「え……私も？」

「え～一花ちゃんも明日仕事？　朝早いの？」

優馬の問いかけに一花は首を左右に振る。明日は仕事だが遅番だ。時間はまだまだ大丈夫だった。

「だったら、まだいいじゃんか、久しぶりなんだからさ」

圭吾は突然それまで優馬に向いていた体を、一花に向ける。

「おい、帰るぞ」

「え……、ちょっと」

そのまま腕を引かれて出口へと向かう。振り返ってみると置いて行かれた優馬はあっけにとられた様子でこちらを見ていた。

「アイツのことなら気にしなくていい」

「だって……どうしてこんな急に帰るなんていうの？」

店の外に出て、タクシーを捕まえようとする圭吾に問いかける。

さっきまで腕をつかんでいた手は、今度はしっかりと一花の左手を握っていた。

体温の高い圭吾の手は寒空のなか、いつにもまして暖かい気がする。

「俺が帰るんだから、彼女のお前が残っていてどうするんだよ」

「彼女って……」

(だったらどうして、さっきまで話しかけてこないで放っておいたの?)

話しかけなかった自分を棚に上げて、圭吾を責める言葉が出そうになり慌てて口をつぐむ。

それ以上ふたりの間に会話がないまま、捕まえたタクシーにふたりで乗った。

圭吾が一花の家の住所を告げると、タクシーは人で溢れかえる繁華街をゆっくりと発進した。

車内でも圭吾は外の景色を眺めたままで一言も発しない。だから一花も何も話さなかった。しかし、ふたりの手は店を出るときからしっかりと繋がれたままで一度も離れていなかった。

どういうつもりであの場から連れ出されたのか、一花にはわからない。そして圭吾がここまで機嫌が悪くなる理由も見当がつかない。

（本当だったら、私が怒りたいくらいなのに）

どうして今日のことを教えてくれなかったのか、どうしてこんな風に強引に連れ出すのか？　聞きたいことはたくさんあったが、それらをすべて飲み込んだ。

すると圭吾のスマホが着信を告げる。それを器用に片手で操作して電話に出た。静かな車内に相手の声が響いていた。

――京香だ。

「あぁ、すみません。挨拶なしに」

どこか面倒そうな受け答えに一花は安堵したがそれはこの瞬間だけだった。

『そうだよ。次の約束まだしてないんだよ』

「あ、はい」

漏れ聞こえてきた〝次の約束〟という言葉に一花は胸がぎゅっと締め付けられた。

『ねぇ来週あたりはどうかな？』

「来週……」

チラリと一花を見た。その動きに一花は耐えられなくなる。

（私がいると話しづらいんだ）

タクシーはすでに一花の家近くまで来ていた。赤信号に引っかかってちょうど停車したところだ。

「私ここで降りますから、ドアを開けてください」

一花の言葉を聞いた運転手がドアを開けてくれる。

つながれていた圭吾の手を振りほどくと、車を降りた。

「おい、お前……待てよ」

圭吾は後を追おうとしたが、信号がちょうど青に変わる。後続車のクラクションが鳴り響き、運転手が「すみませんが、発車させます」と告げて車が動き出した。

車のドアの向こうに、こちらをまっすぐ見る圭吾がいた。

その視線の意味することは一花にはわからない。ヤキモチをやけるような立場にはないことはわかっている。本当の彼女ならできることが一花にはできない。それが〝仮〟の彼女のルールだと一花は自分に言い聞かせていた。

(もし、圭吾に大切な人ができたらすぐに離れられるようにしておかないと。今日みたいにヤキモチやくなんて、絶対ダメだ)

去っていくタクシーをしばらく見た後、踵を返して自宅への道を歩いた。いつも圭吾が送ってくれるあたりにさしかかったころ、我慢していた涙が一花の頬を伝う。

冷たい頬に流れる涙は思ったよりも熱く、ぬぐってもぬぐっても流れ出てきてしまう。

どうにか家族に見られないようにそっと玄関に入り、自分の部屋へと逃げ込んで扉を背にして思い切り涙を流した。

ひとしきり泣いた後、バッグの中のスマホに着信の知らせがある。もちろん相手は圭吾だ。手を振りほどいて挨拶もせずに出てきたことを思うと、謝るべきだろう。そうは思ってもなかなか行動に移せるわけではない。

着信履歴を眺めて逡巡していると、スマホが震えだす。驚いた一花は思わず通話ボタンを押した。

「……もしもし」

『やっと出た。お前無視すんなよ』

「ごめんなさい」

一花は電話に出なかったことを素直に謝った。電話口からは圭吾のため息が聞こえてきた。

『ちゃんと帰れたのか？』

「あ、うん。あそこから家まではすぐだから」

手を振りほどいて勝手にタクシーを降りたのに、圭吾は一花のことを心配していた。

そのことが一花のささくれだった心を慰めた。

（やっぱり圭吾は優しい。……だからこそ私に付き合って恋愛ごっこしてくれてるんだ）

「今日は、なんだか失礼なことしてごめんなさい」

『あぁ、まあ俺も色々今日は強引だったし……おあいこってことで許してくれないか？』

圭吾からの提案は〝仲直りしよう〟ということだった。一花もそれに同意する。

圭吾とのことは小説が書きあがるまでの期間限定だ。それなのにつまらないことで時間を無駄にはしたくない。

『明日はお前も仕事だろ？　おやすみ』

「おやすみ。圭吾」

あと何度、圭吾の〝おやすみ〟を聞くことができるのだろうか。そう思えばつまらないヤキモチを焼いている暇なんてないのだと言い聞かせた。

胸に渦巻く負の感情に必死で目をつむって。


それから十日間ほど、一花と圭吾はお互い忙しく過ごしていた。

圭吾は出張も多い上に普段も終電間際での帰宅がほとんどだった。一方の一花も病欠の職員に代わって仕事に出たり、蔵書点検といって、図書館を一週間閉鎖して図書館内のすべての本をチェックし、データが間違っていないか、なくなった本がないかを調べる時期になったこともあって、ほとんど休みなく働いていた。

そんな中でも、少しの時間の電話と何と言うこともないメールが一花の元気の素だった。そしてその幸せな気持ちを忘れないうちに、パソコンに向かい小説を綴る日々を送っていた。

忙しさがやっとひと段落した日。一花はいつもと同じようにお風呂からあがるとパソコンに向かっていた。永山からの進捗状況の確認が来ていてそれに返信をする。

進み具合としては悪くない。そして何よりも圭吾のおかげで物語に厚みが出てきたような気がする。

そんな時、テーブルの上でスマホが震えた。

「もしもし、今帰り?」

この時間の日課になりつつあった電話にすぐさま応答する。

『お前、電話取るの早いな。待ってた?』

「待ってるわけないし。ちょうど携帯触ってただけ」

図星をつかれた恥ずかしさから少しぶっきらぼうな言い方になった。

(もう少し可愛くしたいのに、難しいな……)

一花が反省しているのを知ってか知らずか、圭吾はすぐに用件を話し始めた。

『まぁいいや。原稿頑張っているお前にプレゼントがある』

「なに？」

プレゼントと言われて現金にも心が弾む。しかもすぐにその様子が圭吾に伝わってしまう。

『なんか嬉しそうだな。とにかく日曜あけといて。いいところに連れていってやるから。あ、それから動きやすくてあったかい服装な……っと電車きた。切るわ』

「ちょっと……け……」

返事をしないままで通話が切れる。〝ツーツー〟という音だけが耳元に響いていた。

「もう、いきなりなんだから。でも……」

顔がにやける。日曜は一花が休みの日だ。それをちゃんと覚えておいてくれたことと、その日に合わせてふたりで出かける予定にしてくれたことが嬉しい。

机の上に広げてあった手帳にハートのシールを貼る。そしてそこに〝デート〟と書きこんだ。その文字を見てますます顔がにやけた。

（誰もみてないいし、いいや。だって嬉しいし……）

そのときテーブルに置いていたスマホが震える。

【おやすみ】

圭吾からメールが来て、一花の胸に甘さが広がっていく。嬉しすぎてだらしのない顔のままパソコンに向かう。今のこの幸せなふわふわした気持ちを作品の中へと落とし込みたい。

その日、一花は遅い時間までパソコンに向かっていた。これから一花と圭吾にも同じようなことが起これぱいいのにという思いが、一花の創作のペースをあげさせたのだった。

そして日曜日。一花はタータンチェック柄の細身のパンツに、バレンタインのときと同じ、青いダッフルコートを羽織って圭吾の迎えを待っていた。昨日の夜、迎えの時間の連絡の際に厚着をしてくるように念を押された一花はコートの下にはハイネックのセーター、その下には防寒用の下着を身に着けていた。

靴もヒールのないムートンブーツ。動きやすさに加え防寒対策もばっちりだ。

指定された場所はいつもの通り、玄関から十メートルほど離れたところだ。真冬の朝九時はまだまだ日も低く寒い。手に白い息をかけたときにバイクの音が聞こえ顔をあげる。

「わりぃ。ちょっと遅れた?」

バイクで現れた圭吾が、ヘルメットを脱ぐ。スーツの時とはちがい無造作な髪型に思わず目がいってしまう。

バイクは黒がメインでところどころにシルバーグレーのラインが入っていてシャープな印象だ。圭吾はバイクを路肩に止めて降りた。

「ううん。さっき出たばっかりだから。それより今日コレで移動するの？」

一花がバイクを指さして尋ねた。昨日メールで防寒を口うるさく言っていた理由がやっとわかった。

「そう。車でもいいんだけど渋滞にはまったら時間がもったいないだろ？　せっかく一緒に過ごせる大事な時間なんだからな」

圭吾は一花にフルフェイスのヘルメットをかぶせながらそう言った。

〝大事な時間〟という単語に心が躍り、恥ずかしくて赤くなった顔を隠してくれるヘルメットに一花は感謝した。

「これもつけて」

手渡された手袋をはめた。一花の手にぴったりだ。

(男物じゃない……ってことは私以外の人もこの手袋はめたのかな)

さっきまで浮ついていた心が一瞬にしてシュンと小さくなってしまう。ぎゅっと手をにぎりしめて、顔をあげた。相手に表情の変化を見せなくていいヘルメットはやはり便利だ。

「ちゃんと言いつけ守って、あったかくしてきたな。乗って」

ヘルメットを付けた一花の頭をコンと小さくたたいてから、圭吾がバイクにまたがりヘルメットをかぶった。

「ほら、来いよ。そこに足かけてまたがって」

一花と同じようにフルフェイスのヘルメットをかぶっている圭吾の表情はわからない。顎で自分の後ろへと一花を促す。

大型バイクの上から見るといつもの景色が違って見えた。

「で、今日はどこに行くの？」

肝心の行き先を今になって尋ねる。

「お前が行きたがってたところだ。ほらつかまって」

圭吾が後ろを少し振り向き言う。

「あ、うん」

（つまらないこと考えてないで〝大事な時間〟を満喫しよう）

気持ちを切り替えた一花が、圭吾のダウンジャケットの脇を遠慮がちにつかむ。

「そんな握りかただと、振り落とされるぞ」

脇に置いていた手が、圭吾に握られた。

そして圭吾の臍《へそ》のあたりで両手を握るように促される。

「しっかりつかまってろよ」

「運転しづらくない？」

一花がそう尋ねるのも無理はない。一花は圭吾に抱き付いていて、彼の背中と一花の体には隙間がない。密着状態ではいつもの通りの運転がしづらいのではないか。

「別に。こうやってくっついてたほうがいいだろ？　あったかいし」

確かにあったかい。言う通りだ。

「人をカイロみたいに……」

照れ隠しで呟いてみるけれど、この体勢が嫌なわけではない。ヘルメットの中でこもった声が圭吾には届いていなかったようだ。

「さぁ、出発するぞ」

一言声をかけると、すぐに日曜日の穏やかな住宅街を圭吾の運転するバイクが緩やかに滑り出した。加速するたびに体に重力がかかる。信号で一度止まった圭吾が何も言わずに、自分のお腹に回っている一花の手をギュッと握った。それはもう少し強く握れということらしい。

圭吾の運転するバイクはしばらくして有料道路へと差し掛かる。フルフェイスのヘルメットをしていても寒さは感じるが、お天気も良く日差しを浴びながら渋滞している車の

中を抜けていくのは気持ちがよかった。

何よりも圭吾を近くに感じることができ、彼のぬくもりに頼りがいと安心感を覚えた。会話することはできないけれど、時々こちらの様子を窺う圭吾に照れくささを感じると同時に甘い気持ちが胸を占める。

湾岸線はかなり風が強く飛ばされそうに感じて、グッと圭吾の体に抱き付く。このあたりまでくれば一花も今日の目的地がわかった。そして目の前に見える光景にワクワクし、今日のこの日を計画してくれた圭吾に改めて感謝をした。

バイクが止まり、一花がゆっくりと降りるのを圭吾は手伝った。ヘルメットをはずすと髪が少し乱れていたのを直す。圭吾はまだバイクにまたがったままでヘルメットをはずした。

「寒くなかったか？」

「寒かった。でも圭吾のおかげであったかかった」

「ハハ……一体どっちだよ」

圭吾の手袋を付けたままの指がまた一花の前髪をクシャリとかき混ぜる。

「もう、さっき直したばっかりなのに……」

一花は文句を言ったが、顔は嬉しくて緩んでいる。そんな様子を見て圭吾がバイクから降りた。

「圭吾……。ここ私が来たいって言ったのちゃんと覚えていてくれたんだ」

「まぁな。俺も新しいアトラクション興味あったし」

「ありがとう。とっても嬉しい」

一花は思いのままを圭吾に告げた。シンプルな言葉だったが喜びが顔に溢れていて満面の笑みだ。それを見た圭吾がはにかんだような笑顔になる。

「なんかお前が素直だと気持ち悪い」

ポケットに手を突っ込んだまま先に入場ゲートまで歩き始めた圭吾を追いかける。前を歩く圭吾が振り向いて一花を待っている。その横顔が昔も大好きだったことを思い出した。そして今もその顔に胸がときめく。

小走りで追いついてすぐ横を歩く。ふと手袋を付けたままだと言うことを思い出した。

「圭吾、これ持ってきちゃった」

手を掲げて見せると圭吾がニコッと笑う。

「似合ってるな。パーク内寒いしそのまま使えばいい。それお前に買ったのだし」

「え、私に？　どうして？」

さっきまでは他の誰かも使ったかもしれないと思っていた手袋が、まさか自分のために用意されていたものだとは思いもよらなかった。

「カレーもチョコもうまかった」

まっすぐ前を向いていて、一花の方は見ていない。それでも少し耳が赤くなっているのを見て一花も同じように頬に熱がこもるのを感じた。

（ホワイトデーのお返しか。いつもぶっきらぼうなんだから……）

それでも気持ちを言葉にしてくれたことが嬉しかった一花は、圭吾からもらった手袋で包まれた手で両頬をはさんでニヤける顔を隠した。

すでにチケットを準備してくれていた圭吾のおかげで入場もスムーズにすみ、十一時からの新アトラクションの優先チケットまで手配されていた。

「チケット取るの大変だったでしょ？」

新しいアトラクションができてからパークのチケットを取るのも大変だと聞いている。しかも今日は日曜日。圭吾が今日の予定がスムーズに進むために面倒な手続きを取ってくれたのは明らかだ。

「別に、俺こういうの計画するの好きだし。お前に任せてたら行き当たりばったりだもんな」

「おっしゃる通りです」

「それはそれで楽しいけど、今日はバレンタインのお返しだから俺にエスコートさせて」

〝エスコート〟という言葉に自分が大切にされているのだと思うと、何だかこそばゆい。でもそれが嬉しい。

笑顔で「うん」と頷いた一花を圭吾も同じく笑顔で見つめていた。

「ほら、行くぞ」

差し出された手を、一花はぎゅっと握りしめた。彼の大きな手を握ることができて、そのたのもしさを実感しながら、ふたりの時間を楽しんだ。

「あのジェットコースター乗りたい！　今なら空いてるし」

「お前昔から好きだな。付き合ってやるよ」

数分後、ニコニコ顔の一花とは違い青ざめた圭吾の顔がジェットコースターの降車口にあった。

「圭吾、大丈夫？」

「なんだよ、あれ何でバックなんだよ」

最近出来たこのコースターは後ろ向きに動くのが特徴なのだが、空いていたので何も考えずに乗ってしまったのが災いして直前までその事実を知らなかったのだ。

結果、今の青白い顔につながっているのだが……。

「別に全然平気だし。なんならもう一回乗ってもいいし」

顔色が悪いのに、まだ強がる圭吾を見て一花は噴き出した。

「ダメだったら、ダメって言ってよ」

「ダメなんかじゃないって、全然平気だ」

そう言って出口に差し掛かるとそこには、乗車中に撮られた写真が飾られていた。

「この証拠見ても平気だって言えるの？」

一花はもう我慢できずにクスクスと笑ってしまう。

そこには、目をつむって必死でバーを握っている一花と、硬直したまま表情を失くして映っている圭吾がいた。

「……っこれ」

「私、記念にこれ買おうかな。こんな圭吾めったに見れないもの」

ずっと笑っている一花の手を引いて、圭吾はその場を離れた。

「あんなもの金の無駄だ。ほらアトラクションの予約の時間だぞ」

腕時計を確認すると間もなく十一時だった。

ぐいぐいと手を引いて早足で歩く。

「残念。欲しかったのにな」

「デートのときくらいかっこつけさせてくれよ」

圭吾の後ろにいる一花には、その表情を見ることはできなかったけれど、いつもの言葉の中にもどこか自分への思いが感じられるような気がして心が高揚した。

予約していた新規のアトラクションのエリアは、入場制限をしていたが日曜ということもあってかなりの人だかりだった。

いくつかのアトラクションを巡り、噂になっている食べ物や、知恵や職場の人に配るお土産を買った。

「圭吾、これ鞄に入れてくれる？」

さっき買ったものを、圭吾に渡し自分の背負っているリュックを指さす。

「あぁ、わかった。ちょっと待てよ」

リュックを開けて、一生懸命詰め込んでいるようだが、ずいぶん時間がかかっている気がして一花は尋ねた。

「まだ？　そんなに荷物入ってないからそこまでギューギューじゃないと思うんだけど」

「もう少しだから、ちょっと待てって」

リュックを閉める音がしてようやく「終わったぞ」という声が聞こえてきた。

「ありがとう。次はどれに乗る？」

パークマップを広げるが、なかなか行き先が決まらない。真剣に悩んでいる一花に圭吾が声をかけた。

「ちょっと飲み物買ってくる。休憩しよう。コーヒー？　ココア？」

「ココア！」

「了解」

小走りでかけていく圭吾の背中を見つめる。大学時代はあの背中を見ると切なくなることが多々あった。今日はあの頃みたいに感じないのは、まっすぐに自分へと戻ってきてくれることがわかっているからだろう。

ふと視線を戻そうとしたが、ひとりの幼稚園児くらいの男の子がキョロキョロとあたりを見回しているのが目に入った。つぶらな瞳にはうっすらと涙の膜が張っている。迷子だ。

一花は近寄って、男の子と視線を合わせるためにかがむ。図書館司書という仕事柄子供と触れ合う機会は多い。それが今役に立っていた。

「どうしたの？　困ってる？」

ここで迷子？　と尋ねても子供はパニックになるだけだ。一花は男の子から状況を聞くことにした。

「……困ってるの。ママとパパとアキラが迷子なの」

パパとママとアキラ……はたぶん弟か妹だ。彼はあくまで自分が迷子だとは言わない。

「そっか、じゃあ一緒に探してあげよう！　きっとみんな君とはぐれて悲しくなってるよ」

「うん。僕が探さないとみんな泣いちゃうから」

「そうだね。じゃあパークの係りの人に連絡しようね。そうするとみんながパパやママを探してくれるよ」

一花の言葉にそれまで泣き出しそうな顔をしていた子の顔が輝きだす。

「ほんと？　アキラも？」

「うん本当だよ、だから一緒に行こう」

立ち上がり、その子の手を引いて歩き始めた。

「あ、ちょっと待って」

圭吾が戻ってきたときに心配するかもしれない。【すぐに戻ります】と簡単にメールだけ打って少年を迷子センターへと連れていった。

少年の手にはギュッと力が入り、それが彼の不安な気持ちの表れに感じたので、一花はしっかりと手を握り返してあげた。

迷子センターに到着し、発見現場や状況の説明をする。パーク内の施設やクルーにすぐに連絡を入れてもらい、少年はそこで迎えを待つことになる。

係りの人に「もう、結構ですよ。責任をもってお預かりします」と言われて圭吾の元に戻ろうとしたが、少年は手をギュッと握ったまま離そうとしなかった。

潤んだ瞳が不安を訴えていて一花はその場を離れることができなくなった。すると無線が入り、両親が見つかったと連絡がある。

「よかったね。じゃあママたちが来るまで一緒にいるね」

「ありがとう！」

やっと心からの笑顔を見せた少年に一花は、図書館の読み聞かせで人気の話をしてあげて気を紛らわせてやる。

「健太！」

「ママー」

しばらくすると女性が、息を切らしながら走りこんできた。どうやら母親のようだ。

さっきまでは、気丈に笑顔を見せていた健太と呼ばれた少年は母親の顔を見た途端大粒の涙を流した。

「ママ、迷子になっちゃダメじゃない！」

相変わらず迷子になったのは母親だと言っている。

「ごめんね。ママが悪かった」

母親は小さな体で頑張った息子を抱きしめていた。そして一花の方を振り向く。

「本当にありがとうございました。いなくなってどうしようかと……貴重なお時間をすみませんでした。お連れ様がお待ちではないですか？」

「大丈夫です！　あっ！　……圭吾どうしてるだろう」

今頃になって圭吾を思い出す。急いでスマホを確認すると着信履歴がずらり。操作しようとしても圭吾からもらった手袋でうまく反応しない。

焦る一花の後ろでは、パークのクルーが無線に応答していた。

「あ、はい。こちらにいらっしゃいますよ。ええ。保護しておきます」

気のせいか一花の方を見て会話をしている気がする。しかし、それよりも圭吾に連絡するほうが先だ。

「じゃあ、私はこれで」

その場を離れようとした一花をクルーが引き止める。

「まだ、ここで待って下さい」

「でも……」

迷子を保護したことで、何かほかに手続が必要なのだろうか？

焦っていた一花がとりあえず、電話をしようと手袋を脱いでスマホのロックを解除したその時。

「一花！　お前一体何やってるんだ」

「圭吾！　どうしてここがわかったの？」

近づいてきた圭吾は正面から一花の両肩に手を乗せると首をがっくりさせる。かなり急いできたのか、はぁはぁと息を切らしていた。

「どうしてって、お前が電話に出ないから探してもらってたんだ。そしたら、迷子センターにいるって」

先ほどクルーに呼び止められた理由はこれだったのだ。

「迷子って……私が？」

「そうだろ。行き先も言わないし電話にも出ないしっ！」

「ご、ごめんなさい」

圭吾の声が少し大きくなる。よほど心配していたに違いない。

「まぁ、まぁそのくらいで。無事会えたんですから最後までパークを満喫してください」

クルーに宥《なだ》められて、とりあえずふたりはその場を離れることにした。

「お世話になりました」

頭を下げて立ち去るときに、手をふってクルーが見送ってくれた。そして若干引っ張るような形で歩いている。

一花の左手はしっかりと圭吾に握られていた。

「圭吾、本当にごめんね。実は迷子を見つけて一緒にいたら……」

「わかってる。お前が理由もなくいなくなることなんかないって。だからこそ心配だったんだよ。もう俺から離れるの禁止な」

くるっと一花の方を向いて、人差し指を一花に突き付けて宣言した。

そして圭吾は、指と指を絡めてしっかりと手を握りなおした。一花も恐る恐る力を入れると、それに反応するように圭吾の手にも力が入った。

「さっきは大きな声だして悪かった。俺、もうお前を見失わないようにする」

真剣な表情が一花の先ほどの軽率な行動を責めているのだと思い「ごめんなさい」と呟く。

「いや。頭ごなしに怒ってごめん。でも俺……二度とお前を見失わないって決めたから」

「うん」

あまりに真剣な態度にその言葉がどういう意味なのか、尋ねることができなかった。

ふたりの関係が〝仮〟のものだとしても今ここにいて、ふたり同じ時間を共有しているのは確かなのだから。

それからパーク内で思い切り遊んだふたりは、人気《ひとけ》の少なくなったウォーターエリアをゆっくりと歩いていた。日中は良い天気で気温も上昇し四月くらいの暖かさだったが、日が落ちた今はやはり寒い。

つないだ手は、何度か離れてもまた気がつけば握られていた。そしていつの間にか一花の手は、圭吾のダウンジャケットの中に一緒に入れられていた。

「あっと言う間だったね。こんなにはしゃいだの久しぶりかも」

「そうだな、はしゃぎすぎて迷子になったしな」

茶化すような言い方をした圭吾に一花は抗議する。

「迷子を助けただけなんだからね！」

「わかってるって。あの男の子、お前が一緒で嬉しかったんだろうな。別れるとき一生懸命手を振ってたもんな」

「強かったんだよあの子。心細かったのにお母さんが来るまで泣かなかった」

「子供って言っても男だからな。それに俺と一花の大事なデートの邪魔をしたんだから、それぐらいは我慢してもらわないと」

本当か嘘かよくわからない圭吾の言葉だったが、一花を翻弄するには十分だった。夜とはいえ、街灯がたくさん並び十分明るい。一花の恥ずかしげな表情はきっと圭吾にはよく見えているはずだ。

ゆっくりと歩いていると、ひと気の少ない橋の下にたどり着いた。

その瞬間、目の前で大きな花火が〝ドーン〟という大きな音を立てて上がる。

「うわ～すごい。こんなに近くで見られるなんて」

「あぁ、すごいな。いい時に穴場にたどり着いた。俺たち運がいいな」

ふたり顔を見合わせて、ほほ笑み合う。

また花火の音が鳴り響き一花は花火に注目する。

見上げた空には、大きな大輪の花が咲いた。そしてそれはすぐに消えることなく柳のように花弁が下がりとても美しい。

「あれすごいね。この花火、私好き……」

一花の言葉が途中で止まる。と言うのも、ふと圭吾の方を見ると、彼の視線が花火ではなく一花に向けられていたからだ。

――まっすぐに。

「どうしたの、圭吾。花火見ないの？」

ドキドキして戸惑う一花をよそに、圭吾はそのまま一花を見つめたままだ。

「花火見てた」

「だって……」

（こっち見てたじゃない……なんて自信過剰に思えて言えない）

「ちゃんと見てたよ。お前の瞳の中に全部綺麗に映ってた」

圭吾の手が伸びてくる。少しかさついた指が冷たい頬に触れた。

そして次の花火が上がった瞬間……その花火を一花は見ることができなかった。

目の前には圭吾の整った顔が迫っている。そして何も考えるひまもなくそのまま唇がふさがれた。

湿った感覚が唇を覆うと、すぐに離れた。でもそれも一瞬でまた同じようにキスされる。

息も付かせないようなキスに耐えきれなくなり、薄く唇を開くと圭吾の舌が強引に一花の唇を割り開いて入ってきた。

「ん……だめっ」

やっと言葉らしい言葉が出た。

「どうして？　イヤ？」

圭吾にそう聞かれたので、左右に首を振って否定する。すると「フフン」と嬉しそうに笑った圭吾がもう一度一花の唇に触れようとした。

「ダメだって。ここ外だよ」

「大丈夫、誰も見てない。ひと気もないしみんな花火に夢中だ。でも一花は俺に夢中になって」

そう言うと、すぐに熱い唇が再び一花を襲う。

キスによって自分の体の奥から、なにかが溢れそうな感覚になって戸惑っている。しかし圭吾のキスは容赦なく続いた。

(好きだから拒めないし、拒みたくない。もっと触れたいし触れてほしい)

圭吾に再会する前から胸にあった彼への思いが、閉じ込めていた心から零れ落ちそうだ。

一花は彼の体温と匂いに包まれながら考えた。

もしかしたら自分たちの未来に〝仮〟じゃない関係があるのではないか。一花はその時そう思ってこのキスで少しでも自分の気持ちが圭吾に通じればいいと思っていた。

「ドキドキする?」

「うん」

唇がふれたままの会話は、すぐに途切れがちになる。ゆっくりと目を閉じるとふたりだけの甘い時間が流れた。

世の中ではホワイトデーが終わり、そこかしこに桜色のディスプレイが並び始めた。そんな中、一花は永山との打ち合わせのために岬出版を訪れていた。

(そう言えば、出版社を訪ねるのって初めてだ)

受付で名前を言うと、永山が手続をしてくれていたようで、首に提げる入館証を渡されると編集部のある六階に向かうように言われた。

エレベーターに乗り込みボタンを押す。

(これが圭吾の会社なんだ……このエレベーターに圭吾も毎日乗ってるんだよね?)

まだまだ新人の圭吾は普通の出社時間よりも随分早く出社して、特別な用事がない時はほぼ終電で帰るような日々を送っている。

一度大変ではないかと聞いたが「めちゃくちゃ大変」と言いながらもその顔が輝いて見えた。それだけで圭吾の仕事に対する熱意が伝わってきた。

(この時間は外に出てるって言ってたな)

昨日の電話で、圭吾の顔を見るくらいはできるかもしれないと思い社内にいるかどうか確認をした。しかしあいにく外出の予定だと聞いて、がっかりした。

ポーンと音がしてエレベーターが六階に到着したことを告げる。

エレベーターを降りるとすぐに永山が顔を出した。受付から連絡が行っていたのだろう。

「中井さん、はじめまして。永山です」

「あ、はじめまして中里……中井花です」

うっかり本名を名乗りそうになり慌ててペンネームを言いなおした。考えてみれば最初の打ち合わせの後、ずっと都合がつかずにメールと電話のやり取りを重ねていて、顔を合わせるのは、今日が初めてだ。

「こちらを使おうと思います。コーヒーでいいですか？」

小さな打ち合わせ用の部屋へと案内された。

「はい」

すると、永山の携帯が鳴る。

「時間大丈夫なので、出てください」

一花の言葉に「すみません」と苦笑いをして永山は一度部屋を出た。

しばらくすると〝コンコン〟とノックの音が響いた。入ってきたのは、ショートカットが印象的な可愛らしい女性だった。

「永山が電話中なので、代わりにコーヒーをお持ちしました」

オフィス仕様の紙コップにプラスチックのホルダーが付いたコーヒーが目の前に置かれた。

女性が砂糖とミルクを置きながら一花の方を見ていたので、不思議に思い首を傾げてみる。

「あ。失礼しました……あの、中井さんは久米井さんと大学時代の同級生だとか」

「あ、はい。そうなんです。部活も一緒でした」

こういう話を職場でもするんだなぁと思っていると女性が話を続けた。

「じゃあ、久米井さんが大学時代からずっと好きな人って誰だか知っていますか?」

トレイをギュッと握り締めて一花に問う、その姿は真剣そのものだ。

「圭吾の好きな人……?」

心の中に大きな風が巻き上がるのを感じる。圭吾の心の中に誰かがすでにいるということだ。

「実は私、三ヶ月前久米井さんに告白したんです。付き合ってほしいって」

それは一花と再会するよりも前の話だ。

「で……圭吾は」

彼女が首を振るのを見て一花はホッとした。そしてそんな人の不幸を喜ぶ自分の醜さにあきれた。

「大学生の時からずっと好きな人がいて、その人が忘れられないって」

（大学のときに、圭吾が付き合っていたのは京香先輩だけだ。じゃあ今もまだ京香先輩のことを？）

ドカンと体に衝撃が走った。

山田の結婚式の二次会で楽しそうに話をしていたふたりの姿が脳内で再生される。

「もし付き合っても、その人以外は本当に好きになれないからって。でもそれって恋人の真似事はしても心はくれないってことですよね。私にはその条件飲めませんでした」

悲しそうな顔をして女性は話を続けている。彼女の言った〝恋人の真似事〟という言葉が一花の胸をえぐる。

（私とのことだって……真似事だ）

忘れようと思って誰かと付き合ったとしても、その相手のことが忘れられるわけではない。それを一花はよくわかっている。今まで自分が散々悩んできたのだから。

「私ったら、余計なおしゃべりしすぎました。いまさら、彼の好きな人を知っても仕方ないですもんね。……では失礼します」

彼女は会釈して顔をあげると、部屋を出ていった。

会釈も返せないほどの衝撃を受けた一花は、俯いてひざに置かれてきつく握られている手をただ見つめるだけだった。

「お待たせしました。すみません電話が長引いてしまって」

頭を掻きながら急いだ様子で部屋に入ってきた永山によって一花は現実に引き戻される。

「いえ、あの大丈夫です」

本当は心の中はグチャグチャだ。けれど今はそれどころではない。打ち合わせに集中しようと背筋を伸ばした。

「では、早速はじめましょう」

今後の手続きやスケジュールの確認をしたり、物語の中身について話をする。

持ってきたノートに漏れがないように細かくメモをした。

「小説、ずいぶん素敵になりましたね。なんというか物語が現実味を帯びてきたというか」

「……ありがとうございます」

永山の言うことが本当ならば、それはすべて圭吾の協力のおかげだ。一花ひとりで今日までの時間を過ごしていたのであれば、目の前にある小説に一花が込めた思いや、感情などは薄っぺらいままだったに違いない。

「私のほうで気になるところはラストシーンですね。もう少しボリュームを持たせて主人公を幸せにしてあげてください」

〝主人公を幸せに〟

永山の言葉が一花に現実をつきつけた。いや薄々わかっていたのだが、気がつかないようにしていた事実が明るみになっただけだ。

圭吾が一花のために割いてくれていた時間は、あくまで小説の主人公たちを幸せにするためのものだ。一花自身を幸せにするものではない。

ただそれを勘違いしたのは一花だ。遊園地で感じた〝ふたりの未来への予感〟それ自体一花の独りよがりな妄想だ。

（私ったら、相変わらず妄想ばっかり……）

情けなくて、自虐的になる。

「恋愛小説って男はなかなか手に取らないんですけど、いいですよね。俺も久米井みたいに恋愛したい」

「圭吾みたいにですか？」

頭の中に思い浮かべていた人の名前が出て驚く。

「あぁ中井さん、久米井と同級生なんだよね？」

「はい」

「アイツ後輩のくせにさ、飲み会中こそこそ電話したり、さっさと仕事切り上げて帰ったりさ、生意気なんだよな~先輩のこの俺を差し置いて」

それはおそらく一花のせいだろう。電話をしたこともあるし、仕事帰りに直帰して待ち合わせしたこともある。

「それに、ホワイトデー前にそこいらにある女性向けの雑誌ひっくり返してさ」

打ち合わせブースにあるマガジンラックには、岬出版で出されている各年代向けの女性誌も置かれていた。

「どこかのブランドのピアス見て、買いに走ってたんですよ。たしか限定って言ってたな」

「ピ……アスですか?」

一花の声が掠れているのに永山は気がつかない。

「あぁ、アイツあんなことするタイプじゃなさそうなのにと思って、この間会社帰りの立ち飲み屋で聞いたんです。どうやら本命の彼女に再会したらしくて、それで必死になってるらしいんですよ。中井さん同級生だったら心当たりあるんじゃないですか?」

最近再会したというのであれば、一花もそうだ。だがホワイトデーが過ぎた今でも、一花の手元にピアスはない。一花が圭吾にもらったのは、手袋と楽しいデートに甘いキス。

そんなピアスは一花の記憶のどこにも存在していなかった。

（京香先輩だ……）

あのパーティーのときに再会して……いやそれではホワイトデーのお返しっていうのはおかしい。もしかしたらあのパーティーの時よりも前に京香と個人的に何度かふたりで会っていたのかもしれない。

そうであれば圭吾が山田の結婚式の二次会に一花を誘わなかった理由がわかる。

本命の思い人がいる場所で、仮の恋人がいるなんて、決して居心地のいいものではないはずだ。

京香もバレンタインチョコを当日でないにしろ、圭吾に渡していたのかもしれない。

考えれば考えるほど、自分の恋心が圭吾の心に届くと思っていたのは一花の勘違いだとしか思えない。

「季節と同時に、春がくるなんておめでたい奴ですよ」

その言葉から相手とうまくいっているということがうかがえた。

「そうなんですね……」

ここへ来るときも圭吾のことで頭がいっぱいだった。しかし今は圭吾に対する負の感情が渦巻いている。

「それではお疲れ様でした」

次に気がついたときには、永山にエレベーター前で見送られているところだった。

エレベーターの扉が閉まると、ふとバッグの中にある手袋が目に入る。それを取り出しみつめると、目頭が熱くなるのを感じた。もちろん我慢しなければと思うけれど、思い出の手袋にぽたぽたと涙が落ちる。

一階に到着するころには、ニットの手袋には一花の涙の粒がいくつも付いていた。

出版社を出ると、冷たい風が涙にぬれた頬を撫でる。涙のせいかいつもよりも冷たく感じた。


翌日、早番だった一花は知恵と一緒に通常業務を終えた後、会議室で〝図書館便り〟の制作を行っていた。

しかし、パソコンでの作業はなかなかはかどらない。

向かいに座る知恵は、ため息をつく一花を見かねて、暖かいミルクティを自販機で買ってきた。

「ほら、これ飲みなさい」

「ありがとう」

差し出されたカップのミルクティを、息をかけて冷まし一口含む。暖かさと程よい甘さが体に広がる。

「で、ため息ばっかりついてても〝図書館便り〟完成しないわよ。ほら、何があったか話をしてみなさい」

ここで「なんでもない」などといえるほど知恵との付き合いは浅くはない。そして一花は自分ひとりで抱えきれなくなった思いを、知恵に聞いてもらうことにした。

今までの圭吾とのことをはすでに相談してある。その上で昨日の永山との話を聞いてもらった。話をしているだけで胸がざわつく。しかしそんな一花を見て知恵は一言言い放つ。

「……で？」

「……で？　って知恵それだけ？　私がこんなに切実な事情を抱えているのに〝で？〟だけなの？」

不満になり、一花は珍しく食ってかかった。

「ごめん。でも一花がどうしたいのか全然わからないから」

「……私は」

（一体どうしたいんだろう……）

「圭吾に好きな人がいるんだよ。これ以上はどうすることもできないよ」

俯く一花をみて知恵がため息をつく。

「それは〝こうするべき〟っていう話で、一花が〝こうしたい〟っていう話じゃないでしょ？　このまま〝さよーなら〟していいの？　大学時代と同じじゃない。まったく前に進めないまま次は何年過ごすつもりなの？」

恋人の真似事をしてしまったばかりに、ますます好きになった圭吾を思い続けることになるのだろうか……。小説にしてすっきりするつもりが、出口のない圭吾への思いがどんどん膨れ上がっていってしまっている。

「悩んでる時に、優しくしなくてごめんね。もしこれで久米井さんをあきらめるつもりなら、最後にちゃんとケジメつけなさいよ。ダメになるにしてもきちんと思い出にできるようにしないと、つらいのは一花だよ」

「ケジメか……相手に好きな人がいるのに難しいよ」

「私からいわせれば、〝仮〟でも恋人役やってもらってるんだから、最後に一花が一番したいことに付き合ってもらってもいいんじゃない？」

何も言えずに考え込んでいた一花に知恵がアドバイスする。

「私、約束があるから行くけど、しっかり考えて。その上での結論なら私は応援するからね。じゃあ」

知恵が出ていくと、会議室に一花はひとりになった。

これからどうするべきなのか、どうしたいのかを考える。

確かに、終わらせないと前に進めない。

一花はもう一度自分の気持ちを伝えてみようかと考えた。しかし圭吾には思いを寄せる人がいるのだ。彼にとっては迷惑でしかない思いをぶつけるなんてこと、できるのだろうか？

ふと脳裏に大学時代にラブレターを渡そうとしたときのことが思い浮かぶ。

『好きじゃない相手にもらっても迷惑だろ？』

たしか、あの時圭吾はそう言った。それを思い出して、気持ちがしぼむ。

それなら、このまま思いを告げずにいる方がいいのではないか？

そう考えて最後に一花の思い出として、圭吾にわがままを聞いてもらうことにした。

もうすぐ一花の小説は書きあがる。後はラストシーンだけだ。圭吾との約束の期限は間もなく終わりを迎える。

シンデレラだって0時には魔法が解けてしまう。一花にかけられた魔法もその時が来たら解ける。

だからこそ……もう最後だと思っているからこそ一花は、圭吾への思いを最後までとげたいと思う。

三月二十日。一花の二十六歳の誕生日だ。
その日だけは、一花は圭吾の恋人でいたかった。たとえそれが〝仮〟だったとしても。

第四章　思い出に変わるとき

一花が二十六歳を迎えるその日。出張帰りの圭吾と、新幹線の到着時刻に駅で待ち合わせをしていた。

夜のデートに備えて何日もかけて選んだ洋服は、袖が七分丈のワンピースだ。上はオフホワイトで切り替え部分には形のいいリボンがついている。スカートは千鳥柄で、お店で見てすぐに気に入り今日のために買ったものだ。

（圭吾、可愛いって言ってくれるかな……）

髪を巻きながら思いをめぐらす。

今日だけは余計なことを考えない。自分に素直になることだけを胸に置いておく。今の一花にはそれが一番大切なことだった。

ふいに、スマホがメールを受信する。それは知恵からだった。

【誕生日おめでとう。今日は楽しいデートだよね？　後悔しない一日を】

「後悔しない一日か……」

自分の出した答えを後押ししてくれる人がいると思うと、勇気づけられる。

待ち合わせの時間にはまだ一時間半ほどある。今から家を出ても待ち合わせの駅に到着するのに二十分もかからない。けれど落ち着かない一花はキャメルのショートコートを羽織り、早めに家を出ることにした。

その日出張から戻る圭吾との待ち合わせの時間は、少し遅めの二十時。それから圭吾の予約してくれているレストランで食事するという誕生日のカップルらしいデートコースだった。

すでに暗い駅までの道を歩く。大学時代から何度か圭吾に送ってもらった道だ。ゆっくりと過去を振り返りながら歩き駅に到着する。

するとバッグの中でスマホが震えた。着信相手は圭吾だ。

『一花……ゴメン。新幹線が事故でかなり遅れてて、食事の予約も間に合いそうにないし今日の予定は改めて別の日にしないか?』

「え? 何時になるのかもわからないの?」

一花は落胆を隠せない。

『本当にゴメン。今日が何の日かってよくわかってる。俺だって今日お前に直接〝おめでとう〟って言いたかった』

「うん」

　圭吾の申し訳ないという気持ちは声色から十分伝わった。

『でも大事な日だからこそ、お前をそんなに待たせることはできない。だから後日埋め合わせさせて』

　新幹線の中だろうか、時々音声が聞き取りづらい。

「わかった」

　ショックで一言しか口に出来なかった。今日は自分の気持ちに素直になると決めていたのに、「会いたい」という言葉が喉に引っかかってでてこない。

『ごめん。一花、それと二十六歳の誕生日おめでとう』

　一花の大好きな圭吾の柔らかい声が祝福をくれた後、電話はブツリと切れてしまった。

　ツーツーという音だけが今の一花の耳に届いていた。


　新幹線のホームはいつにもまして、人で溢れかえっていた。事故の影響でダイヤが大幅に乱れて次の列車に乗ろうとする人が列を作ることができないほどだった。

　新幹線がホームに滑り込んでくる。約二時間ほど遅れて到着した列車に乗ろうとその場にかがんでいた人たちや荷物を置いていた人たちが動き出した。

時計はすでに二十二時を指している。

そんななか一花は降りてくる人をひとりも見逃すまいとじっと見ていた。そして出口から規則正しく一列で降りてくる人の中にひときわ背の高い圭吾を発見する。

「圭吾——!」

ホームにいる何人かが、大きな声を上げた一花を見る。そしてその中には驚いた顔の圭吾もいた。

すぐに圭吾は、人波をかきわけて一花の元へと来た。

「お帰り。お疲れ様」

「お前、何やってるんだよ」

ふたりの会話がかみ合わない。圭吾は何も言わずに自分が巻いていたマフラーを一花の首に巻く。

「今日はやめようって、言っただろ。どうしてこんなに冷たくなるまで待ってたんだ」

ホームは多くの人が行き交う。その中で立ち止まる一花と圭吾はチラチラと迷惑そうな周りの視線を浴びていた。

圭吾の顔を見ると、怒っていることがわかる。いつもの一花ならゴメンと一言謝ってその場を収めるだろう。けれど今日の一花は違う。

圭吾のコートの袖口をギュッと摑んで、まっすぐに目を見る。

「会いたかったから」

「え？」

圭吾は意外そうな顔をする。

「今日、どうしても圭吾に会いたかったから」

どちらかといえばいつも、自分の意見を押し通さない一花が真剣な目で圭吾に訴えかけた。

（自分の気持ちに正直に……）

心の中では、圭吾の迷惑になるかもしれないと思う。けれど今日だけはわがままだといわれても自分の思いに素直でいたかった。

圭吾の反応を知るのが怖い。けれど一花は目をそらさなかった。

「ごめん、いきなり責めて。でも、待っててくれてありがとう」

驚いた顔から、にっこりと笑顔になった圭吾を見て安心する。

「無理を言ってごめんなさい」

我に返って圭吾に謝る。

「いや……俺こそ大事な日にこんなに待たせてごめんな。行こう」

荷物を持っていない手で、一花の手を引いて圭吾が歩き始めた。

「さて、どうするかな……。この時間だとバーくらいしか思いつかないんだけど」

多くの人を器用によけながら歩く圭吾に庇われるようにして、一花も付いていく。

「しかし、手冷たすぎ。手袋は？」

（一花……勇気だして）

自分で自分を勇気づける。グルグル巻きにされた圭吾のマフラーの中で唇を噛んで覚悟する。

「圭吾の部屋に行こう。……圭吾があっためて」

圭吾が、それまで握っていた一花の手を離した。ぶらんと自分の元に戻ってきた手が揺れる。

立ち止まった圭吾が振り向いて、一花を見た。

「お……まえ。それどういう意味かわかってんの？」

声が掠れている。一花の真剣な思いが伝わったのがわかる。

「わかってる。私もう二十六歳だよ。それに今は恋人同士でしょ？　彼女のわがままくらい受け止めてほしいな」

負けじと言い返す。重くならないように、いつものような軽い口調で言った。

(男の人は好きな人じゃなくてもそういうことできるっていうし……)

どれくらいの時間だっただろうか二、三秒だったかもしれない。あるいは、もっとずっと長かったのかもしれない。

それでも一花は一度も圭吾から目をそらさずに、自分の思いが真剣であることを伝えた。

「わかった。行こう」

圭吾は離した手を、もう一度握りしめた。さっきよりもその手が熱く感じる。一花もその手をギュッと握り返した。

駅からタクシーをひろい、ふたりで乗り込む。圭吾が行き先を告げた後、ふたりとも口を開かない。

カーラジオから流れるジャズが無言のふたりの間に流れる。しかしそれは決して、先日味わったパーティー後のような嫌な雰囲気ではない。

その証拠にふたりの手は、今までにないくらいしっかりとつながれていた。

タクシーが走り去る音を聞きながら、圭吾に手を引かれ階段を上る。一段一段上がるたびに、鼓動がどんどん早くなる。それが圭吾に伝わらないようにできるだけ平静を装った。

鍵穴に鍵を差し込んだまま、圭吾が一花を見てもう一度確認した。

「本当にいいんだな」

圭吾の念押しに一花は、コクンと頷いた。

緊張していないわけじゃない。さっきから繋がれている手には、恥ずかしいくらい汗をかいていた。

それでも今日は、あの日のように逃げたくない。一花の決意は固かった。

好きな人の胸に抱かれたい……。圭吾の胸に。

圭吾に次いで部屋に入る。〝バタン〟と扉の閉まる音が聞こえた瞬間……。

目の前には、圭吾の形のいい唇があった。

「ん…っ」

触れた瞬間に感じた冷たさは、すぐに消える。

圭吾は手に持っていた荷物を放り出すと、両手で一花の顔を包む。

そしてそのまま、何度も角度を変えて繰り返された。

「はぁ……圭吾……」

高鳴った胸が苦しい。どうしていいかわからない一花の口から出たのは、愛しい人の名前だった。

ビクンと圭吾の体が一瞬震える。しかし次には一花の唇と唇の間に舌を滑り込ませた。

一花の体に力が入る。しかし圭吾は抱きしめることで一花を安心させようとした。

差し込まれた柔らかい舌は、圭吾の体温を一花に流し込んでくる。歯列をなぞり口腔内を余すところなく味わおうとするキスは、圭吾としたそれまでのキスとはまるで違った。

ドキドキだけじゃない。そこに甘い痺れも加わり耳の後ろがなんだかくすぐったいような気もする。こんなに深く人とまじりあったことなんてない。

……そしてこれからふたりはもっと深い部分で繋がろうとしている。

ふたりの唇から、溢れだした唾液が一花の首元を伝う。敏感になっている一花にはその感覚さえ刺激になる。

圭吾は足を使って靴を脱ぐと、そのまま一花を抱き上げた。

「け、圭吾……歩けるから……おろして」

予想外の展開に、それまでふわふわと熱に浮かされていた思考が戻ってきた。

（重いのに。ダイエットだって全然できてないのにっ）

「俺が離したくないんだ。だまって」

小さく唇を吸ってから寝室へと一直線に歩いて行く。反論を許さないという圭吾の意志を感じた。

圭吾は一花をゆっくりとベッドへ降ろし横たえ、ベッドサイドにあるランプをつけた。

するとそれまで真っ暗だった部屋が、オレンジ色の光に照らされた。

床に膝をついて一花の靴を丁寧に脱がした。どうしていいのかわらない一花は圭吾にされるがままだ。

ぎしっという音を立てて圭吾がベッドに乗る。そっと一花の手を引いて起き上がらせた。緊張して下をむいている一花の顎を優しく持って顔をあげさせた。甘くて熱い視線が絡むと額にキスをした。なんとか一花をリラックスさせようとしている思いが伝わる。

そして口角をぐっとあげて笑顔を見せた。それまでの真剣な顔はどこかこわばった雰囲気を醸し出していたが、圭吾の笑顔ひとつで一花の緊張が幾分か緩んだ。

その小さな気遣いが嬉しい。緊張の中で、彼への思いが体中を駆け巡る。

(やっぱり圭吾を好きになって良かった)

「ごめん。焦って靴も脱がせてなかった」

もう一度額にキスされて、こめかみ、耳元へとキスが繰り返される。

一花のショートコートに手がかかる。咄嗟に前を抑えてその手を止めてしまった。

(あっ……どうしよう)

戸惑う一花に圭吾はささやいた。

「隠さないで……全部見せて。一花の全部を見たい」

手をやんわりとおろされて、代わりに圭吾の大きな手が器用にコートを脱がせた。

するとと次は頬にキスをして、その後唇の端に軽く触れた。

ワンピースのファスナーに手がかかる。一瞬一花の体がこわばったのを感じた圭吾は、そのまま一花の唇を奪った。

それは最初から一花の唇を食べてしまいそうなキスだ。圭吾は舌を差し込むと、一花の舌をからめとって吸い上げた。

ゾクゾクとした感覚が駆け抜けるのに気を取られていると、ふと背中に外気を感じた。あっと言う間に腕を抜かれてキャミソール姿になった。

恥ずかしくて、圭吾のスーツをぐっとつかむ。

キスを続けたまま、圭吾が鬱陶しそうにネクタイを左右に揺らして緩め、すぐに引き抜く。

それまで荒々しいほどの口づけをしていたのに、唇をくっつけたまま圭吾が一花を見つめる。

「俺のここわかる?」

一花の手を握り自分の心臓へと圭吾が持っていく。

「すげードキドキしてる。一花もきっと一緒だろう?」

「一緒？」

「あぁ、俺も一花と同じ気持ちだから……心配せずに今は俺にすべて預けてほしい」

真剣なまなざしは、熱がこもっている。一花だけではない、どんな感情にしろ圭吾も一花を欲してくれていることがわかり、安堵した。

「全部……圭吾に預ける」

一花は自分の手を圭吾の首に回した。するとそのままベッドへと横たえられた。

気がつけば、一花も圭吾も下着姿だ。脱ぎ捨てられた洋服はすべてベッドの下に落とされている。

圭吾の舌が一花の唇をなぞる。それに応えるように一花も自分の舌を差し出した。

それが合図となり、それまでゆっくりと一花をなでていた圭吾の手が、丸く柔らかい一花の胸を刺激する。

下着の上から柔らかく円を描くように触れる。一花の心臓がドキドキと大きな音を立てた。すっと伸びた手がブラのホックをはずし、その締め付けがなくなると一花は急に心もとない気持ちになる。一気にキャミソールとともにはぎとられ、あらわになった胸を急いで隠した。

「ここ、もっとよく見せて」

圭吾に手を退けられて、彼の目にさらされる。

「すっげーやわらかい」

大きな手のひらで包むように、触られると一花の胸の先端がすぐに反応した。

「ここ触るよ」

圭吾のいう〝ここ〟は先ほど反応をした場所だ。彼は一花の返事などまたずに人差し指で優しくなでた。

「んっ……あぁ」

キュッとした感覚が走る。人差し指と親指で優しくつまれたときには鼻から甘い声が抜けた。

「可愛い」

さっきそうつぶやいたはずの圭吾の口が、無防備になっていた反対側の先端を口に含んだのが目に入った。ヌルリとした感覚が走る。

「ひっ……うン」

感じたことのない刺激に、ビクンと体全体が揺れた。

そのまま圭吾は色づいた部分全体を口に含むと〝チュウチュウ〟と音をたてて吸い上げる。

「あ……アっ」

（私、こんな声出るんだ……）

自分でも驚くような甘くて艶のある声。恥ずかしくて唇を噛んで我慢する。するとそこに圭吾の指が伸びてきた。唇を優しくなぞられて、すっと差し込まれた。

「そんなにキツク噛んでると血が出る。ほら、もっと声聞かせて」

柔らかい舌の感覚とは違い、ごつごつとした指が一花の口腔内をゆっくりと刺激する。

唾液が溢れでないように、口をすぼめて与えられた指を一生懸命咥えた。

口元に意識を集中していると、次は胸への刺激が始まる。

圭吾の指が一花の胸をすくいあげる様に優しく揉み、甘い刺激を与える。

「はぁ……ん。恥ずかしい」

「全然恥ずかしくない。一花の声……もっと聞きたい」

低く掠れた声でねだられる。赤い先端は彼の吐息にさえも反応してしまう。思わずビクンとはねた体を圭吾はぎゅっと抱きしめた。

それまで脇腹や胸を撫でていた手が、スーッと膝をなでた。その感覚にもう一度体を震わせると「ククッ」という小さく笑う圭吾の声が耳に届いた。

「すげー、敏感……」

耳元でささやかれる言葉は媚薬のように脳内に響く。そのせいかほとんど抵抗できないまま圭吾の指がショーツの上を這う。

自分のそこがどうなっているのか、一花はわかっていた。

「ちょ……っと」

「待たないし、待てない」

一花のセリフは圭吾に奪われてしまう。

〝待てない〟と宣言した圭吾の長い指が、一花の誰にも触れられたことのないショーツの中へと辿り着く。

クチュ、という音が一花の耳元まで届く。それを耳にした途端恥ずかしくて両手で顔を覆った。

「一花、濡れてるね。これ脱ごうか」

「そ、そういうこと言わないで」

顔を隠し首を必死でふる。恥ずかしさでどうにかなってしまいそうだ。

一花の抵抗などお構いなしに、圭吾はショーツをはぎとった。

「どうして？　ほら……」

意地悪な指がゆっくりと、あらわになった一花の割れ目をなであげた。

「ンっ……はっ……あっ！」

指がゆっくりと動き、一花の一番敏感な部分に触れた。その瞬間に今までとは違う感覚が背中をかけのぼり、思わず大きな声を出してしまった。

「ここ、好き？」

「ん……わかんない」

感じていることを悟られたくなくて、否定も肯定もできない。

「あぁ……じゃあもっと触ると、わかるかもしれないな」

「あ……そんなっ」

一花の言葉を逆手にとったような圭吾の言葉だけで、期待した一花の体が素直に反応して、潤み切った割れ目から新しい蜜が溢れ出た。

その蜜を指に絡めて、小さな芽を羽のように優しく撫でられた。

「うん。一花はココ好きみたいだね。ちゃんと正直に答えてくれてるよ」

一花の首筋に顔をうずめて舐め上げながら、圭吾は一花の感じている芽に少し力を加えてくる。くるくるとこねるような動きに「あっ……あ」という声を上げながら、一花が背中をのけぞらせた。

「一度イク？」

「……え？　……んっ……あぁぁああ」

返事など待ってもらえなかった。グリッとより一層強い刺激を与えられた。圭吾の指に何度も何度も強弱を付け攻められると、一花は何も考えることができなくなり、体内にたまっていた快感をはじけさせた。

はぁはぁと肩を使って呼吸をする。気がつけば髪の毛が汗で頬にへばり付いていた。

「ちゃんとイけた？　そろそろ次に進もうか」

「はぁ……あぁ……ちょっと待って。まだ私、体が変なの」

「そっか、でもそのまま続けたほうがいいから。大丈夫、痛くしない」

一花の頬についた髪を指でなぞるようにどけると、優しいキスをくれる。それに気を取られている隙に、圭吾の指が一花の濡れた割れ目への中へとゆっくりと進んだ。

「あ……」

「痛い？」

違和感はある。でも痛くはなかった。

「大丈夫」

「よかった。ここでちゃんと気持ち良くなってないと、後がつらいから」

その言葉の意味することがわかり、胸がドクンと音を立てた。

（目つむってる場合じゃない。圭吾のことよく見ておかないと）

　恥ずかしさから、目をつむり顔を両手で隠していた。しかし思いなおして圭吾へと目を向ける。

　それまで気がつかなかったが、そこには今まで見たこともないような男の顔をした圭吾がいた。

　その瞳は熱がこもっていて、それだけでも一花の胸はときめいた。一花の視線に気がつくと顔を近づけてきて、濃厚なキスで一花を思うままにした。

「ここ好き？　あっ……ここか」

　圭吾は、一花の中に埋めた指をゆっくりと探るように動かす。そして明らかにほかの場所と違う感覚のある一点を見つけるとそこを徐々に強く刺激しはじめた。

「あぁ……あ。圭吾……そこぉ」

　どう言葉にすればいいのかわからない。シーツを掴んでせりあがるような感覚を必死で逃そうとする。

「大丈夫。気持ち良いんだろ？　そのまま力抜いてて」

　一花が響かせる水音が明らかに大きくなる。

「ン……ぁああ。ダメなのもう……ぁああ」

二度目の愉悦の爆発に一花の腰がぐっと持ち上がる。自分の意思ではどうしようもなく腰ががくがくと震えた。

ギュッと目をつむり、脱力した体はシーツに沈んだ。

息が上がって時々喉がヒューヒューと音を立てるほどだ。呼吸を整えようと大きく空気を吸い込む。

かすんでいた焦点がやっと合いはじめたとき、目の前に圭吾の顔があるのに気がついた。

「ここから先に進んだらもう戻れないから、もう一回聞く。俺、一花の初めてをもらっていい？」

汗で濡れた一花の前髪をかきわけて問う。指先でいつものように撫でられると安心した。

「うん。圭吾がいいの」

いくら仮の恋人でも一花が望むからといって、ここまでしてもらう必要はない。

それでも一花の初めてはやはり圭吾がよかったのだ。

この人にならあげてもいい。いや、この人以外には誰にもあげられない。

一花は今日限りの思い出だとしても、今目の前にいる相手が圭吾であることが嬉しかった。その思いを込めて、できる限りの笑顔を圭吾に向けた。

「そっか。わかった」

いじっていた前髪をどけて、額にキスを落とすと圭吾はベッドサイドの引き出しを開けた。

そして何かを取り出すと同時に、最後まで身につけていたボクサーブリーフを脱ぎ捨て、ビニールの袋を破いた。

「あんまり、見ないでほしいところなんだけど」

笑いながら言われて、一花は初めて自分が圭吾を凝視していたことに気がつき慌てて目をそらした。

「ん。お待たせ」

「そ、そんなに待ってないから大丈夫……」

「そう？　期待に満ちた目されたから緊張した」

「そんなことないっ！」

一花の緊張を解こうと圭吾がわざと怒らせるようなことを言う。その効果は抜群で一花の体の力が抜けた。

圭吾がゆっくりと一花に覆いかぶさると、耳元で言葉を紡いだ。

「うそ。緊張してるのは俺。大事にするつもりだけど……痛かったら言って」

圭吾の言葉が終わらないうちに、一花の足が持ち上げられて大きく開かれた。

割れ目に圭吾の熱いものが擦りつけられる。何度か往復すると一花の蜜で十分に潤んだ場所に、圭吾の切っ先が少しずつ沈む。

「ん……っう」

さっきの指とは比べものにならないほどの圧倒的質量が一花の中へと侵入してきた。

「痛い……よな。力抜ける?」

「む、無理かも……」

首を振る一花の胸の赤い実を圭吾の舌が舐め上げた。

「だったら、力が入らないようにしてあげるから……安心して」

「……ひあぁ」

敏感になったところに、急にザラリとした感触があって驚く。しかし次の瞬間には丸ごと口に含まれ、上唇と下唇で挟み込まれて甘い刺激に脳内が揺さぶられた。

圭吾の舌から解放されても、そのまま指で繰り返し優しくはじかれる。のけぞる喉に圭吾が食らいつくように口づけた。

「あぁん……はぁ」

翻弄されすぎてまともな言葉などでない。その間に圭吾がゆっくりと一花の奥へと進んでいった。

「ん……くぅ。キツイな。でもこれで最後……」

圭吾の腰がぐんっと前に出る。それに伴い圭吾自身が完全に一花の中に埋まった。

「あん……あぁ」

その衝撃に一花が声を上げる。

「全部入ったよ」

安心させるようにニコリと笑う圭吾の額には汗が浮かんでいる。

「今、圭吾は……わ、たしの圭吾だよね？」

一花は指を伸ばし圭吾の頬に触れる。圭吾は、気持ち良さそうにされるがままになっている。

「あぁ、そうだ。俺はお前のものだ」

その答えに満足した一花は、笑顔を浮かべた。その瞬間一花の目から一粒涙が落ちた。

それが何の涙なのか一花にさえわからない。生理現象として起きたものか、初めての痛みによるものか、圭吾と結ばれた喜びによるものか……。あるいはそれらのすべてか。

一花の涙を圭吾の舌がなめとる。

「動くぞ」

ピリピリとした痛みはまだ続いていた。しかし胸に広がる甘さがそれをカバーしてくれる。自分の体の中に圭吾がいると思うと、痛みよりも喜びの方がはるかに勝った。

圭吾にキスをされるとつながっている場所の熱が上がる。それと同時に蜜が溢れ圭吾の動きを助けた。

叩きつけるような腰の動きに、一花は上にずり上がってしまう。そうさせないように、圭吾は一花の手を自らの肩にかけさせた。

「俺のこと、思いっきりつかんでいいから。我慢しないで」

動きが激しくなると、痛みよりも突き上げるような衝撃と自分の奥から愉悦が引きずり出されるような感覚に翻弄される。

じわじわと迫る快感に一花は圭吾の肩をギュッと握って耐えた。目の前には汗をかいて苦しそうな顔をしている圭吾がいた。

「圭吾……苦しいの？」

同じような痛みを感じているのではないかと思い一花が尋ねた。

「あぁ……苦しいと言えば苦しいな。気持ち良すぎて死にそう」

恥ずかしいのか一花の胸のふくらみをきつく吸い上げた。

「我慢してるんだから、これ以上煽らないでくれる？」

体を起こした圭吾が、大きく腰をスライドさせた。一花の体が跳ねる。

「んっ……あぁああ」

圭吾の動きに体が反応する。それを見た圭吾は熱く溶けそうな目で一花を見据えたまま、肌と肌を激しくぶつける。

「はぁあああん。ダメ……ダメぇ」

ひときわ大きく声を上げた一花は、目の前に今日知ったどの快感より大きな波が迫っているのを感じた。

「……っう。そんなに締めるなっ！」

「いやぁああ……ん」

体が大きくしなる。白い喉を突き出し一花が果てた。

「くっ……」

それと同時に薄い皮膜越しに圭吾も熱い飛沫を吐き出した。

荒い息をつきながら体を起こした圭吾がドサリとベッドへと横たわり、一花を引き寄せた。

「ごめん。最後優しくできなかった」

一花は圭吾の汗でしっとりとした肌に顔をうずめたまま、首を振る。

「素敵な誕生日になったよ。今日のことは、私一生忘れない」

恥ずかしくて顔を見ることができなかったが、一花は今日の自分との約束の通り、素直な気持ちを圭吾にぶつける。

圭吾の腕に力がこもる。つむじにキスが落とされた。

「あ……ちょっと待ってて」

そう言うと圭吾は下着だけさっと身に着けると、リビングへと出ていく。

ひとりになると、先ほどのことが思い出されてとたんに恥ずかしくなる。今まで知らなかった新しい圭吾の顔を知った。そしてそれはもう二度と見ることがない顔だ。

(これ以上は何も望まない。そう自分で決めたんだから)

「一花」

いつの間に戻ってきていたのか、圭吾がベッドに腰掛けた。

「日付変わっちゃったけど、誕生日おめでとう」

差し出された包みは、一花も良く知るブランドのものだった。

「これ……私に?」

(もしかして……ピアス!?)

永山が言っていたあのピアスかもしれない。もしそうなら……一花の心が一瞬ふわっと軽くなった。

「一花に似合うだろうと思って。開けてみて」

ラッピングを開く指が震える。一縷の望みをかけて箱を開けるとそこには、一花の期待したものではなく……ネックレスが入っていた。

プレゼントがピアスではなかったことに、落胆する。

(我ながら往生際が悪いな……)

がっかりした表情を見せないように笑顔を浮かべた。圭吾が一花のために選んでくれたプレゼントだ。嬉しくないはずがない。

「貸して。つけてやるよ」

手渡すと一花の後ろにまわって、金具を留めてくれる。胸元で揺れるピンクゴールドの小さな花は、とても可愛らしい。

一花は昔から、フラワーモチーフのアクセサリーが好きだった。それも大きなものではなく小さな花のものを好んでいた。

「お前、こういう小さい花のついてるの好きだろ？〝一花〟って名前のイメージにぴったりだ」

「よく覚えてたね。……嬉しい」

胸元の小さな花が、光輝いて見える。

「誕生日プレゼント渡すの、久しぶりだな」

大学時代にも誕生日プレゼントをもらった。それは欲しがっていたＣＤやＤＶＤだったりしたが、いつも一花が言ったことを覚えていて準備してくれていた。

（このネックレスもきっと深い意味はないんだろうな）

そんな一花の気持ちなどつゆ知らず、ネックレスを付けた一花を見て圭吾は満足そうだ。

「ピアスはあんまりしないんだな？」

（どうして今、ピアスの話なんか……）

「ピアス……う～ん普段はあんまりつけないかも。それがどうかした？」

後ろの圭吾を振り返る
「いや……別に。ふぁ～あ疲れた」

大きな欠伸をひとつして、圭吾がベッドに横になった。すぐに一花の手を引き後ろから抱き枕のように抱きしめた。

キュッと胸が音を立てた気がする。それはさっきまでのドキドキとは違い、少しせつなさが混ざったものだ。

そんな気持ちの一花を抱きしめたまま、圭吾は目をつむったかと思うとすぐに穏やかな寝息を立て始めた。

「疲れてたのに無理させてごめんね」

小さくつぶやくと、眠る圭吾の額にキスを落とした。そして起こさないように圭吾の腕の中から出ると、ベッドの下に散らばった自らの服を拾い身につけ始めた。

玄関まで戻り、取り残されていた鞄から手帳を取り出した。一枚紙を破り圭吾への別れの言葉を綴る。

面と向かって〝さようなら〟を言う勇気がない。自分の最後のわがままを聞いてもらったのだから、圭吾の隣に居座り続けるわけにはいかない。

彼の隣には、彼が心から愛する人が立つべきなのだから。

*　　*　　*

……ピピピピ。

目覚ましの音で目が覚める。いつものようにベッドサイドのチェストに手を伸ばしかけて、圭吾は勢いよく起き上がる。

「一花!?」

一花が寝ていたはずのベッドのスペースに手で触れてみたが、そこには体温さえも感じることができない。ベッドの下に脱ぎ捨てたはずの圭吾の洋服は綺麗にハンガーにかけられていた。

目覚ましを止めて急いで寝室を出る。すぐに見渡せるほどの広さの部屋だ。一花がここにいないのは一目瞭然だった。

「なんでだよ……」

頭を掻きながら振り向くと、ローテーブルに一枚の紙があるのが目に留まり駆け寄った。

◇　◇　◇

圭吾へ

今どき手紙だなんて、また古臭いって言われちゃうかな。

昨日はわがままを聞いてくれてありがとう。今まで生きてきた中で忘れられない誕生日になりました。

これでやっと圭吾を彼氏役から解放してあげられます。

いつまでもズルズルするのも良くないから、私達の関係はこれで終わりです。

再会する前に戻ろう。思い出の中の同級生に。

圭吾が恋人役をやってくれたおかげで、原稿はきっとバッチリ!

完成したら圭吾も最後まできちんと読んでね。

さようなら

一花

◇　◇　◇

「くそっ、なんだよ。さようならって……」

思わず力を入れてしまい紙がクシャリと音を立てた。

(あいつ本気で、恋愛ごっこの延長上で俺に抱かれたのか?)

そんなはずはない。圭吾は一花の気持ちが自分に向いたのだと確信して昨日一花を抱いたのだ。

彼女の性格上、誰にでも身を任せるようなことはしない。実際昨日まで処女だったのだから。

それなのに……一緒に笑顔で迎えるはずの朝、彼女の姿はどこにもない。

一花の書いた文字を眺めていると、ふたりで過ごした時間が思い出された。

＊　　＊　　＊

初めて一花の存在を意識したのは、大学に入学してすぐのゴールデンウィーク明けのことだった。

そのころ授業にでてくる人数がめっきり減って、いつも顔を合わせるのが同じメンバーになっていた。

その日たまたま一花の後ろに座っていた圭吾は、おっとりした雰囲気を身にまとう彼女の意外な一面を目にした。

授業の始まる少し前、彼女のスマホに電話が入る。その会話を何気なく聞いていると、出席の代返を依頼されたようだった。

（こいつ、人がよさそうだからいいように使われてるんだろうな……）

ぼんやり会話を聞いていると、意外な答えを返していた。

「私、代返はしないよ。ごめんね。そのかわり今日のノートは貸してあげるね」

話し方からしておそらく仲の良い友達だろう。しかしきっぱりと断っていた。電話の相手は食い下がっていたようだったが、それでも最後まで断り続けていた。

それから一花の存在が気になり始める。ほんわかした雰囲気から誰にでも話しかけられる一花だったが、見かけによらず他人には流されない。

そのギャップが面白く、圭吾はついつい学内で一花を見つけると目で追ってしまっていた。圭吾から話しかけて仲良くなるまでそんなに時間はかからなかった。

だから自分の所属する水泳部のマネージャーがひとり辞めたとき、圭吾は頭で考えるよりも体が動いた。

「中里！　お前今日から水泳部のマネージャーな」

「はぁ、何？　水泳部って……」

戸惑う一花を引っ張っていって有無も言わせずにマネージャーにしたのは、一花ともっと一緒に時間を過ごしたいと思っていたからだ。

それからというもの、圭吾と一花が過ごす時間の密度は濃くなっていった。

圭吾の高校時代からの親友の優馬や水泳部の仲間たちを交えて、長い時間を一緒にすごすようになった。

「圭吾、今のタイム、ここ最近で一番よかったよ」

お互いを名前で呼び合うようになったころ。

じりじりと肌が焼けるような暑さの中、水から上がると嬉しそうな一花の顔がそこにあった。まるで自分のことのように喜ぶ彼女の表情が、タイムが上々だったことよりも圭吾は嬉しかった。

「一花ちゃん、こっちも記録とって」

「はーい。すぐ行きます」

　優馬に呼ばれて、すぐにその場を離れた。自分に向けたのと同じような笑顔を浮かべて優馬に話しかける一花を見て、圭吾の胸に複雑な思いが湧き上がる。

「中里いいよな～。おっとりしてるようで、しっかりしてて。結構俺タイプなんだけど」

　隣のコースで泳いでいた先輩の山田が話しかけてきた。

（結構タイプ……か）

　自分のテリトリーに一花を引き摺り込んでから、圭吾自身気がついたことがある。それは一花が案外モテるということだ。それを本人は全く自覚していない。

　それまで自分だけが知っていた一花を横取りされたような気分になったのがどうしてなのか、すでに圭吾は自覚をしていた。けれどそこからは、なかなか前へ踏み出せない。

　その理由のひとつが、プールサイドに立つ別のマネージャーだ。

　飯田京香は、圭吾たちの一年先輩のマネージャーだった。そして圭吾が入学して水泳部に所属するのと同時に付き合い始めた相手でもある。

最初は断ろうとしたが「他に好きな人がいないならどうしても」と押し切られて付き合うことになった。

なんとか大切にしようと思っていたが、一花といる時間が楽しくなり気持ちが京香に向かないことを自覚した。秋に別れ話を切り出したが、のらりくらりとかわされる。とはいえ自分のまいた種だ。圭吾は根気強く自分の気持ちを京香に伝えた。

そして二年生になった春、やっと京香との恋人関係を解消できたのだった。

目の前ではプールから上がる優馬に一花がタオルを差し出しているところだった。なんとなくそれを見たくないと思った圭吾はそのままプールの中にブクブクと潜っていった。

彼女への思いが強くなったのは、三年生の夏合宿の時だった。

昼間、海で散々遠泳を行った後、近くの旅館で恒例の飲み会。その後は全員で砂浜で花火をしていた。

女子のマネージャーは一花を含めて、三人。

二年生の前野由紀と四年生の京香、それに一花だ。

普通なら四年生は就職活動で忙しいのだが、早々に保険会社に内定した京香は合宿の手伝いに来ていた。

合宿中はそれぞれ忙しく走り回っていたが、ひと段落したときの三人の会話を圭吾が聞いてしまう。

「やっぱり、黒木さんかっこいいですよね。優しいし。王子って名前がぴったりです」

由紀がうっとりとそう言うと、一花も「そうだね」と一言返した。

「なになに？　一花ちゃんも王子狙い？」

京香が尋ねたその答えを圭吾も聞きたいと思う。

「別に、そういうんじゃないんですよ。かっこいいとは思いますけど」

「珍しいわね。一花ちゃんがそんなこというなんて。大丈夫、私応援する！」

京香が一花の手をとってキャッキャとはしゃぐ。

「本当にそんなんじゃないですから」

焦った様子の一花に由紀が言う。

「競争率高そうだけど、黒木さんにとって一花先輩は特別って感じがしますもん。私も応援しますすね！」

圭吾は〝一花先輩は特別〟という言葉が引っかかった。確かに優馬と一花が話をしていることは珍しくもないし、圭吾を交えて三人でいることもあった。

「だから、違うんだってば」

「もう、隠さないでいいよ。来年になると忙しくて会いづらくなるんだから今のうちに頑張らないとね！　うまくいったら、私の恋も応援してね」

京香のセリフに反応した由紀が、興味津々で問いかけている。

「久米井先輩を振ってまでも追いかけようとしている、京香先輩の好きな人って誰なんですか？」

「……そうね、今は内緒よ。内緒」

一花の返事を他のふたりは聞いていない。どこでどうなったのか、圭吾が京香にふられたことになっていたが、女の世界は色々あるのだと思い、特に何も言わずにいた。

ふと思い出してみれば、圭吾と話すときと優馬と話す時の一花の態度はたしかに違う。どこか恥ずかしそうに頬を染める一花の姿が、マネージャーふたりが言ったように、一花が優馬に思いを寄せているという裏付けのような気がして面白くない。

複雑な思いを胸に、圭吾は部員たちの輪に戻って行った。

手持ち花火や、小さな打ち上げ花火を前にアルコールの入った部員たちは、大いに今を楽しんでいるようだった。

そんななかアルコールに弱い一花は、気分が悪くなったのか先に部屋に帰るといってその場を後にする。

「大丈夫か？」

後を追いかけて、旅館の入口あたりで一花を捕まえた。その顔は少し赤い。

「うん。横になれば大丈夫だと思うから」

「そっか、部屋まで付いていってやる」

女子の部屋まで一花を連れて行く。途中自販機でミネラルウォーターを買って持たせた。

「ありがとう、圭吾。おやすみ」

力ない笑顔を浮かべた一花が部屋の扉をパタンと閉じた。

一花のことが心配だった圭吾は、浜辺に戻ることなくその階のエレベーター前にある椅子に座った。

一花の体調が心配というのも一つの理由だが、もしこの部屋に誰かが尋ねてきたら。それが一花を〝タイプ〟だと言っていた山田だったら……。一花が思いを寄せているかもしれない優馬だったら……。

そんな思いが圭吾の胸に渦巻きその場を離れることができなかった。

(俺、独占欲の塊みたいだな)

自分の行動を自嘲する。それでもやはり一花を思うとその場から動けなかったのだ。

「……久米井くん？　ちょっと……」

呼びかけられて目が覚めた。そこには京香が圭吾の顔を覗きこんでいた。

「こんなところでどうしたの？」

圭吾はそのままうたた寝をしてしまっていたようだ。京香に起こされて初めて気がついた。

「ちょっと休憩しようと思っただけなんです。もう部屋に戻りますよね？　一花のことよろしくお願いします」

「久米井君……！　ちょっと話できる？」

京香にそう言われたが、腕時計を見るともう二十三時を回っていた。この時間にマネージャーとふたりっきりでいるのはよくない。しかも相手は元カノだ。あらぬ誤解は受けたくない。

「すみません。俺今日疲れてて。また明日昼間話しましょう」

エレベーターの〝閉〟のボタンを押した瞬間に京香は何か言いたそうにしたが、気がつかないふりをして自分の部屋の階に戻った。

部屋に戻ると部員たちはみんな雑魚寝をしていたが、その中にひとり椅子に座って優馬が缶ビールを飲んでいた。

「圭吾、今までどこに行ってたんだよ？　お前も飲むか？」

差し出されたビールを受け取る。

「お疲れ。今日の遠泳マジできつかったな」

思い出したのか顔をしかめて優馬が言う。

「たしかにな。プールで泳ぐのとはわけが違うな」

そんな会話を続けていたときにふと優馬が一花の名前を出す。

「なぁ、圭吾。お前一花ちゃんのことどう思ってるんだ？」

突然のことで驚き目を見開く。

「どうって……。別に」

（もしかして優馬も……？　もし一花もそうだとしたら）

胸の中で黒い感情が渦巻く。親友の恋を手放しで応援できない自分に嫌気がさす。

「ふーん、そうか……」

優馬はそれっきり何も言わなかった。その先の言葉を知りたいと思いつつ、聞いたときの自分はどういう態度をとればいいのか悩んだ圭吾も、それ以上言葉を続けなかった。

それから圭吾と一花の関係は何も変わらないまま時が過ぎた。あのころのふたりは、表面上の友達という関係でも十分にお互いを満たすことができていた。

しかしその関係が危ういものだということも同時に知っていた。どちらかが行動を起こしてどちらかがそれを拒めば一瞬にして崩れるものだと。

そして、楽しくも危うい関係が崩れる、圭吾が大学生活で最も後悔する日が訪れた。

当時の就職活動が本格的に始まる大学四年生の四月。

ゼミに出席しようと大学を訪れていた。前にあった説明会が延びて、すでに授業が始まる時間になっている。

それまでも企業の説明会や就職フォーラムなどがあって、最近は大学にもあまり来ていなかった。もちろん一花と会う回数もめっきり減っている。

(わざわざ呼び出すのもな……アイツも就職活動中だし。落ち着いたらちゃんと決着つけないとな)

しかし目の前には、そんな自分の遠慮を後悔する光景があった。

日の差し込むカフェテリアに一花の姿を見つけて声をかけようとした。

しかし、向い席に座っている相手を見て足が止まってしまう……優馬だ。

久しぶりに見る一花は、春の日差しとともに柔らかい笑顔を優馬に見せていた。何かを楽しそうに話した後、優馬が席を立ち手を振りながらカフェテリアから出ていくのが見えた。

後ろから一花に近づいて声をかけようとする。するとポツリと呟き声が耳に届いた。

「これ……今日渡したかったのにな……」

その手元にはグリーンの封筒。中身はおそらく手紙だ。

(優馬に渡したかったってことか？　じゃあ中身は……)

圭吾は自分の望まないことを想像して、胸が苦しくなった。きゅっと唇を噛んだ瞬間に
一花が圭吾に気がついて振り向いた。

「あっ！　圭吾。今日やっぱり来てたんだ。さっきメールしたんだよ」

嬉しそうな顔をしてこちらを見ている。

スマホを確認すると、そこには確かに一花からのメールが届いていた。

「さっき黒木君に聞いても、来るかどうかわからないって言ってたから……」

「なぁ、その手に持ってるの何？」

一花の言葉を遮って、圭吾が問う。

「あの、手紙なんだけど、今日渡そうと思って……」

少し頬を赤らめた一花に、圭吾はイライラと言葉をぶつけた。

(そんな顔をするほど、優馬が好きなのか？)

「何？　今どきラブレター？　それで優馬に受け取ってもらえなかったって？」

「圭吾？」

圭吾がぶつけた言葉に、一花は驚きを隠せない様子だった。

「まぁ、この時代にラブレターなんてダサいって。メールもあるし電話だってあるのに。渡さなくて正解だな。第一、好きじゃない相手にもらっても迷惑だろ？」

一花を傷つけるとわかっているのに止まらない自分の言葉に、内心では後悔する。

（何言ってるんだ。俺。別にこういうことが言いたかったわけじゃない）

いつも笑顔の一花の顔が曇る。そしてみるみるうちに瞳に涙の膜が張っていく。

それでも懸命に涙をこらえて圭吾に笑顔を向けた。

「そ……うだよね。今どき手紙で告白だなんてないよね。ごめんね……なんか。私、帰るね」

唇を震わせながら、それでも笑顔を作ろうとしている。そんな様子を見て圭吾は我に返った。

「ちがっ……ちょっと待てって」

立ち上がった一花の腕を圭吾が引く。一花が振り向いた瞬間にその瞳からポロリと一粒涙が落ちた。

「一花……」

この涙の原因が自分が投げた言葉のせいだと思うと、圭吾は後悔に押しつぶされそうになる。

一瞬の嫉妬という感情で、自分の好きな人を傷つけてしまったのだ。

その涙を見て握っていた手を離した。

すぐに駆け出した一花の後ろ姿をただ見つめて、こぶしを握り締めることしか圭吾はできなかった。

今まで一花との関係が崩れるのが怖くて、何もせずに過ごしてきた。こんなことであっさり壊れるならば、自分の気持ちを伝えておくべきだった。圭吾の胸の中にはいまだかつて感じたことのないほどの後悔が押し寄せてきていた。

(何やってるんだよ……俺)

＊　＊　＊

再会してから短い時間だったが、あの時の失敗を繰り返さないように自分の気持ちを態度で示してきたつもりだ。

一花が書いたという小説の冒頭を読んだ時、圭吾はショックでページをめくることができなかった。結局今も最後まで読んでいない。

大学時代に渡せなかったラブレターの相手を今も思い続けている。それがわずか数ページの文章の端々から感じ取れた。

その相手は自分ではなく優馬だ。

たとえ、一花の胸の中に誰がいようとも自分のものにしたい。一花の心も体も今度こそ手に入れたい。

もう決して訪れることはないと思っていた二度目のチャンスを、無駄にするつもりなどなかった。

自分の愛情でこちらを振り向かせてみせると、最後まであきらめないと決意していた。やっと自分の思いが一花に通じたのだと昨日実感した。

（でも、結局このざまだ……）

圭吾は昨日の自分の行動を振り返ってみて、どこで失敗したのか思い返そうとした。

しかし思い出すのは、彼女の柔らかい体とネックレスをつけて喜ぶ笑顔だけだった。

スマホを握り締めて、一花に連絡しようとした。その時ブルブルと手の中で震えだす。

「永山さん……」

仕事の電話に出ないわけにはいかない。圭吾は通話ボタンをタッチした。

一花のことで頭がいっぱいのまま出勤をして、デスクに積まれたまさに山のような仕事に取り掛かる。

集中して仕事をしているときはいいが、それが少しでも途切れるとすぐに一花の顔が思い浮んだ。

本来ならばその顔は笑っているはずなのに、なぜか泣きそうな顔だ。

（こんな顔思い浮かべたいんじゃない……）

嫌な感情を振り払うようにして、もう一度圭吾は仕事に集中した。

午後から外出の予定が入り、わずかながら図書館に寄る時間が取れた。

あれから何度か電話やメールを入れているが、一花からの反応は一向にない。

こういう時は時間を置くべきなのかもしれないが、置けば置くほど距離が広がってしまった大学時代の経験から、それだけは避けたかった。

昼休憩も過ぎた頃到着し、図書館に入るとカウンターを見る。そこに一花の姿がないので奥に目線をやってみるがそこにもいなかった。

（とりあえずあっち探してみようか……）

圭吾は一歩踏み出した瞬間、呼び止められた。

「久米井さん……ですよね？」

ショートカットのすらりとした女性に声をかけられる。IDカードで名前を確認すると一花の口からよく出てくる「知恵」という名前が確認できた。

「はい。あの？」

「一花は今こちらにいません。少しお時間いただけますか？」

知恵は圭吾の返事も待たずに歩き始めた。

おとなしくついて行くと、そこは人気のない自転車置き場だった。

彼女は突然くるりと振り向くと、意志の強そうな視線をまっすぐに圭吾に向けた。

「単刀直入に言いますが、一花とはどうなってるんですか？」

(これまたストレートに聞いてきたな。知りたいのはこっちだよ)

「いくら親友でも、君に話す筋合いはないと思う」

「確かにそうですね。でも一花が目をパンパンに腫らして今日出勤してきたのに黙っていられません」

「一花が？　どうして」

圭吾の言葉に知恵があきれたような顔をして腕を組んだ。

「あなた以外の原因があるわけないでしょう……昨日誕生日で嬉しそうにしてたのに、一体何がどうなったんですか？」

「俺の方がわからないんだ。俺だって原因が知りたい。昔から欲しかったものがやっと手に入ったと思ったのに」

「昔から？　どういう意味ですか……？」

知恵が怪訝そうな顔をする。

「ずっと片思いしていた相手を俺が傷つけるわけないだろう。一花が他の奴が好きでもあきらめられなかったんだ」

「他の奴って……何を言ってるんですか!?」

キツイ視線で圭吾を睨む。

「一花が誰に気持ちがあったのかなんて、アンタに言われなくてもわかってる。けど俺アイツをあきらめるつもりなんて微塵もないから」

「あきらめるって……なんか話が……」

その時「森永さ～ん」と知恵を呼ぶ声がした。

「呼ばれてるよ。一花のこと教えてくれてありがとう。行って」

「とにかく、一花のこと二度と泣かせないでください」

言いたいことを言うと、会釈をして戻っていった。

「俺だってできるならそうしたいよ」

そう呟いて空を仰ぐ。間もなく四月なのにその日の空は圭吾の心と同じように曇ったままだった。

＊　＊　＊

四月になった。新しい季節はそれだけでも気持ちを晴れやかにさせてくれる。

しかし、心躍る季節も一花には何の効果もなかった。

図書館の周りの桜が徐々に開花し始めた。そしてすぐに花びらは宙に舞いはじめる。

圭吾と出会った季節がまた廻ってきたのだ。

……ピピッ
スプリングコートのポケットに入れてあるスマホがメールを受信する。

「……圭吾」

一花の誕生日から二週間。その後、圭吾とのすべての連絡を絶っていた。

「久米井さん？」

自転車から降りてスマホを見つめたまま動かない一花に、知恵が声をかける。

「あ……うん」

苦笑いしかできない。でもいくら作り笑いをしても結局知恵にはばれてしまうのだ。無駄な努力はしないでおく。

「いつまで意地張ってるつもりか知らないけど、その辛気臭い顔どうにかしてよ」

「意地なんて……。圭吾とのことは終わったことだよ」

ポケットにスマホをしまう。

「本当にそうなの？　行き違いがあるんじゃないの？　なんか色々腑に落ちないんだよね」

「どういうこと？　当事者でもないのに、知恵が腑に落ちないなんておかしいよ」

親友の突拍子もない話に笑う。

「他人だからわかることもあるでしょ？　それにあの男が簡単にあきらめるとは思えないんだけど」

「何言ってるのよ……あきらめるべきなのは私でしょ？」

乾いた笑いを返す一花に、知恵が食い下がる。

「だから、何かおかしいんだって。私から見ればふたりとも思い合ってるように見えるのに」

「知恵が親友思いなのはわかったけど、そんなに都合のいい妄想してると、私みたいに色々こじらせちゃうよ」

自嘲気味の笑いを浮かべて、一花が歩き出す。

何度かこの話をしているが、一花は一向に知恵の考えを受け入れない。

肩を落とした親友の背中を見て、知恵はひとつため息をついた。


「いや〜中井さん。すごくいい原稿ありがとうございます。本当に素敵な作品になりましたね」

電話口からは、永山の弾む声が聞こえる。

「ありがとうございます」

あの日から一週間かけて原稿に圭吾への思いを綴った。心から溢れだしそうな彼への思いを原稿に閉じ込めるためだった。

まだ、胸がチクチクと痛むが、圭吾からもらった色々な思いを詰め込むことができた。

「あとは、ほとんどこちらでの作業になります。お疲れ様でした」

永山がこれ以降のスケジュールについて説明をしている。それを聞きながら一花の気持ちは電話口の永山ではなくその近くにいるであろう圭吾に向いていた。

「……中井さん。この流れで大丈夫でしょうか？」

急に名前を呼ばれてハッとする。

「はい。……あの久米井さん……元気ですか？」

こんなこと聞くつもりなどなかったのに、思わず口から圭吾の名前が出た。

「久米井ですか？　元気だと思いますよ。最近出張ばかりでほとんど顔見てないですけどね」

あはははと豪快に笑う。

「……そうなんですか」

「賞の選考があったり決算があったりで、今うちの編集部特に忙しいからね。プライベートなんて皆無ですよ。っと、中井さんに愚痴っても仕方ないですよね」

（圭吾……そんな忙しい中、私に時間を割いてくれていたんだ）

圭吾の優しさを感じ、胸が小さく音をたてた。圭吾との幸せな思い出がまたひとつ増えた。

再会して、より彼を好きになって一花の気持ちは変化した。

今までは必死に忘れようとしていたけれど、それを止めた。せっかくできた綺麗な思い出はそのまま胸にとどめておこうと。そしてそれと上手に付き合いながら少しずつ前に進もうと決めたのだ。

「では……詳細はメールをお送りしますね」

最後の方の会話はあまり覚えていない。

ふとした瞬間に思い出す圭吾の笑顔に邪魔されて。


それから数日、一花も忙しく仕事をこなした。新しい職員が増え知恵が教育係を務めているので、ランチや飲みにもなかなか誘えない。

帰宅後は疲れてすぐに眠ってしまう日々だ。

そんな中、遅番を済ませた一花がいつものように自転車に乗って帰宅の途に着いていた。すでに時刻は二十時近かった。

いつもと変わらない帰宅ルートを通る。

自宅まであと少しのところで、電柱から突然大きな影が飛び出してきて驚いた。

「きゃあ!」

急ブレーキをかけて止まったが、ふらついて自転車ごと倒れそうになる。そんな一花を力強い手が支えた。

「大丈夫か?」

顔を見なくても誰の声かわかる。……わかってしまう。

俯いたまま引きつっていた顔を一生懸命笑顔にして顔をあげた。

「もう！　危ないよ圭吾」

いつもと変わらない声色、いつもと変わらない笑顔。できるだけいつも通りの自分を装う。ドキドキと大きな音を出す心臓を無理やり落ち着かせて、心の中を悟られないようにする。

「ごめん。こうでもしないとお前、話を聞かないだろう。今日だって何度も連絡した」

ずっと無視してきたことを責められて、作っていた笑顔が消える。

唇を噛んで、言い訳を考える。しかし言い訳のチャンスは与えられずに、圭吾が話し始めた。

「あの日から今日まで、一体どういうつもり？　紙切れ一枚で急に逃げるようにして」

なるべく冷静に話をしようとしてくれている。しかし実際圭吾の怒りは一花に痛いほど伝わっている。

だからこそ余計に一花は、なんでもないようなふりをして話した。

「書いた通りだよ。伝わらなかった？　やっぱり私、文才ないのかなぁ」

あの手紙を書いた時の気持ちがよみがえってきて、胸が痛い。でも今はそれを表には出せない。

「だからどうしてあんなこと書くんだよ。俺たちそれなりにうまくやっていたよな?」

「それなりにはね。ちゃんと〝恋人ごっこ〟できてたよ。おかげでね、永山さんにも褒められたし。いい作品になると思う」

圭吾の顔を見ずに一気にまくしたてる。

「〝恋人ごっこ〟だと?」

さっきよりも一層低くて、冷たい声に一花はひるむ。

「そう。最初から小説のためでしょ? 書きあがったんだから〝恋人ごっこ〟も終わり。圭吾もいつまでも義理堅く私のこと心配しなくてもいいよ」

最後に顔をあげると、そこにはこちらを睨んでいる圭吾の顔があった。

次の瞬間、グイッと手を引かれて気がついたときには、圭吾の唇が一花の唇に重なった。

一花の言葉を奪うようなキスは、それ以上会話を続けさせないためのものだ。

「ん……んー!」

ドンドンと圭吾の胸を叩いて抵抗する。

しかし、頭の後ろにまわされた圭吾の大きな手に一層力が入ったかと思うとキスはより深くなった。

胸を叩いていた手は、いつの間にか圭吾のスーツを摑んでいた。

圭吾の唇から解放された時には、苦しくて息が上がっていた。

「俺の話も聞かずにどういうことだ」

一花は何も言えずに俯き黙り込む。さっきのキスで赤くなった顔なんて圭吾に見せたくない。どうすればいいのかわからなくなった一花の目には涙が浮かぶ。

「俺の目を見て、俺の話を聞くんだ」

その声にはさっきのキスのような荒々しさはなく、優しく一花を諭している。

「圭吾の話を聞いてどうなるの？　こんなみじめなことといつまで続けるの？」

「みじめ？　一花は俺との時間がみじめだっていうのか？」

圭吾は、再び声を荒げた。

「自分のこと好きでもない相手と恋の真似事して……そんなのみじめだよ」

一花にとっては思いを寄せる相手だ。その相手から同じだけの思いをもらえないのは正直みじめだ。自分が好きなんだからそれでいいなんて到底思えなかった。

圭吾が一花と付き合った真意ははかりかねる。小説のためというが、京香とうまくいかない気持ちの隙間を埋めるためだったのかもしれない。

負の考えがいくらでも浮かんでくる。

それと同時に目尻から涙がこぼれそうになった。

「一花……お前、泣いてるのか？」

心配そうに問いかけた圭吾の言葉をさえぎる声が響く。

「一花？　こんなところで何やってるんだ」

ふたりして声の方を見ると、そこには仕事帰りの一花の父親が立っていた。そして一花の潤んだ瞳を見て咄嗟に手をひいて圭吾から引き離した。

「こんな時間に近所迷惑じゃないか。帰るぞ」

圭吾を一瞥してそのまま何も言わずに一花の自転車を押し始める。

「ご無沙汰してます……。あの、一花さんともう少し話をさせてください」

動きだした自転車を、圭吾が止めた。

「ダメだ。話がしたいならもっと常識的な時間に訪ねて来なさい。一花、行くぞ」

「……一花」

圭吾の声を聞き振り返る。しかし父親の「早くしなさい」という声を聞いて、踵を返した。

街灯の下に取り残された圭吾は、一花の姿が見えなくなってもその場を動けなかった。

第五章　ほどける誤解

終電で帰宅した圭吾は、ネクタイを緩めるとソファへと体を横たえた。着替えるのも面倒なほど疲れている。

朝早くから夜遅くまで周りが心配するほど働いていた。

その間は自分のしてきた失態を考えなくて済むからだ。

「みじめってなんだよ……」

あの日一花の言った言葉が、圭吾の胸に刺さっていつまでも抜けない。

弱い自分のせいで傷つけた学生時代のあの時よりも、今の後悔のほうが大きい。

当時は、一花の存在が自分の人生でこれほど多くを占めるとは思っていなかった。しかしそれに気づいた現在、一花が誰を思っていようと、その相手と結ばれるよりも自分が一花を幸せにしたいと思っていた。

それなのに彼女の口から出た言葉が〝みじめ〟だとは……。

実は自分の弱い部分はあのころから何も変わっていない。一花の書いた小説があのラブレターの相手、優馬への思いを書き綴ったものだとわかってからは続きを全く読めていない。

それを読んでしまうと、自分の気持ちを彼女に告げることができなくなりそうだったからだ。

（一花の気持ちを知るのが怖いくせに、幸せにできるだなんて思い上がりもいいところだな）

大きなため息をつくと、目を閉じた。

仕事で限界まで疲れ果てた圭吾は、そのまま眠ってしまった。


「あ～調子悪い」

朝からデスクで栄養ドリンクを一気飲みする。昨日圭吾はソファで眠ってしまい、そしてそのまま朝を迎えた。

目覚ましで起きて、急いでシャワーだけ浴び出社した。

「久米井さん。これ資料室に運ぶの手伝ってもらえますか？」

女性アルバイトが運ぶには結構な量だ。

「あ。俺やっておくから、他の仕事しててていいよ」

資料の整理も立派な仕事。場所を把握するには自分で片づけるのが一番いいと考え、いつも圭吾は進んで引き受けている。

アルバイトの子も、圭吾ならこう申し出ることを見越して頼んできたのだろう。

「さ～て。先に片づけてくるか」

椅子から立ち上がり、そのまま段ボールを持ち上げたとき、声をかけられる。

「久米井、お前宮本先生の原稿は？」

普段穏やかな永山の表情が珍しく険しい。

圭吾の担当する宮本はかなりの売れっ子作家で、スケジュールの確保が厳しい。進捗状況の確認をした際遅れ気味だったことから、細かい確認をするべきだったのに圭吾はすっかり失念していたのだ。

（宮本先生の締め切りって今週末……あっ）

「今回、締め切り前倒しだって言っただろ。すぐに確認しろ」

段ボールを置くとすぐに電話を手に取る。

「つかまるまでかけ続けろ。わかったか？」

コール音が電話から聞こえるだけで、一向につながらない。

何度かかけなおすが、同じことの繰り返しだった。

圭吾はいてもたってもいられず、脱いでいたジャケットを手に取る。

「俺、ちょっと行ってきます」

「会議はどうするんだ。ちょっとは落ち着け」

永山に諭されて、デスクに戻ったがこれからどうするのか全く考えが浮かんでこない。

とりあえず用件だけでも伝えようとメールを作成し始めた時に、スマホが着信を知らせた。

「宮本先生ですっ！」

心配している周囲に知らせる様に、圭吾は着信相手を口にした。

「すぐに出ろっ！」

永山に言われた圭吾は通話ボタンをタッチし、焦って事情を説明する。

どうやら相手も締め切りを勘違いしていたようだ。原稿はすでにできているので、すぐにメールで送ってくれるということになった。

「ありがとうございますっ！」

電話を片手に深くお辞儀をした圭吾を見て、永山は安心半分あきれ気味にため息をついた。

「すみません。ご迷惑、おかけしました！」

通話を終えた圭吾はすぐに謝罪をした。

「お前、仕事詰め込みすぎだ。普段ならこんなミスしないだろう。お前が倒れたら俺が困るんだからな。ほら、これでも飲め」

差し出された缶コーヒーをありがたく受け取る。

「プライベートなことにまで、首を突っ込むつもりはないけど、彼女とうまくいってないのか？」

心配そうに顔を覗きこまれた。

「彼女なんていないですよ」

缶コーヒーを見つめたまま答える。

「俺にまで隠さなくてもいいだろ。俺が何も知らないと思って……お前も水くさいよな」

「何のことですか？」

本当にわからなくて尋ねる。きょとんとした顔の永山が少し拗ねたような表情を見せた。

「まだごまかすのか。中井先生のこと。お前たちふたり付き合ってるんだろ？」

「ぶっ……ごっほっ……」

ちょうど口に含んでいたコーヒーを噴き出す。

「きったねーな。何、そんなに隠しておきたかったのか？　まぁ確かに、あの本に書かれているのがお前のことだってわかった時、俺なんかもう恥ずかしくてさ。お前の顔まともに見れなかったよ」

「ちょ、ちょっと俺にわかるように説明してください」

（たしかに〝仮〟だけどつきあってはいた……でもその時の話じゃないみたいだ）

慌てた様子の圭吾を見て永山は首を傾げた。

「あぁ、どうして知ってるかって。そうだ、これ中井先生に返しておいて。俺の資料の中に紛れ込んでてさ。俺宛てだと思って読んじゃったんだよな」

差し出された永山の手には、グリーンの封筒がある。

「偶然とはいえ、勝手に読んですみませんって謝っておいてくれ」

圭吾はすぐに封筒の中身を取り出し読み始めた。

◇　◇　◇

久米井圭吾様

急にこんな手紙をもらって驚いたと思います。

でも圭吾に私の気持ちをちゃんと伝える手段が、これしか思いつきませんでした。

はじめて男の人に手紙を書きました。
はじめて自分の気持ちを人に知ってもらいたいと思いました。
はじめてずっと一緒にいたいと思える人ができました。

あなたが好きです。

これから先、もっと多くのはじめてを私にくれませんか？
大学生活が終わっても、社会人になっても……いつもあなたの隣で笑顔でいさせてください。

一花

◇

◇

◇

読み終わって圭吾は目をギュッとつむる。

手紙のくたびれ具合いや内容から、これを一花が書いたのは大学時代だということがわかる。

あのとき……圭吾が一花を泣かせたあの日。一花が渡そうとしていた手紙がまさか自分宛てだったとは……。

瞼の裏に読んだ手紙の文字が浮かび上がってきた。一花の柔らかい筆跡は圭吾への思いで溢れていた。

どれほどの気持ちで、あのころの一花が圭吾に気持ちを伝えようとしたのかがわかる。

普段、自分の気持ちを前に押し出さない彼女が、精一杯振り絞ったであろう勇気を思うと、当時の自分のしたことが許せない。

「それとこれ、彼女の原稿だけど完成してるから読んでみろよ。きっと仲直りしたくなるぞ。それに今日みたいなことが続くと、お前編集者として失格だからな。ちゃんと関係を修復しておけよ」

ふたりが付き合っていると誤解したままの永山がニヤリと冷やかすように笑い、仕事へと戻る。

終業後の誰もいないオフィスで、圭吾は一花の手紙と原稿を手にしていた。

「こんな素敵な手紙。ダサいなんて言ってごめん」

ひとり呟いたところで、一花に思いは届かない。ましてや当時に戻ってやり直すことなんてできないのだ。

受け取った原稿のページをめくる。一度読もうと思ったときにこの中に出てくる恋人が優馬だと思いこみ、先を読み進めるのがつらくなって読むのを止めた。

それがまさか自分だったとは。

(自分に嫉妬してたら世話ないな)

一花が丁寧に書き綴った物語は自分たちの大学時代の出会いからスタートしていた。現実では離れていた数年間も物語の中でお互いの心は固く結ばれていた。

あの時馬鹿な誤解をせず嫉妬心を抱かなければ、現実でもふたりが歩んでいたはずのストーリーだ。

こうであってほしい。こうであればいいのに。

彼女の書いた文章からその思いが伝わってきて、胸がかき乱される。

(俺は、どれだけ長い間一花を傷つけてきたんだ)

極めつけは先日一花が口にした〝みじめ〟という言葉。

一花と再会してから自分なりに真剣に彼女に接してきたつもりだ。

大学時代、自分の心無い言葉で傷つけてしまった後悔から、今度は彼女を傷つけないように、本気で振り向かせるつもりで頑張った。割ける時間はすべて割いて……正直忙しくて死にそうな日もあったが彼女のために何かをする時間さえ楽しいものだった。

しかし結局それも圭吾の〝独りよがり〟だったのか……。

一花の気持ちがわかった今、すぐに「俺も好きだ」と言えばいいのかもしれない。

しかし〝みじめ〟と言った彼女の気持ちを考えると、事態はそう単純ではないだろう。間違いなくあのとき、圭吾が一花をひどく傷つけたのだ。今さら後悔しても遅いが自分を責めずにはいられない。

長い間思い続けてくれていた一花の圭吾への思いは、すでに彼女の中で物語とは違った結末で完結を迎えているのかもしれない。そう思うと突っ走ることがためらわれた。

（また自分の気持ちから逃げるのか……。それで後悔しないのか……）

圭吾はきつく目をつむり、自問自答を繰り返していた。

くしくも一花が圭吾にラブレターを渡そうとした季節がやってくる。もうすぐ桜が満開になる時期だ。

圭吾の心に一つの決心が宿った。

＊　＊　＊

「一花ちゃーん」

一日の仕事を終えて、ゆっくりとお風呂に入った一花を待っていたのは姉の美花だった。

ネコナデ声の姉に一花は嫌な予感しかしない。

「何～。お金なら貸さないからね」

「何よ……私がいつ……も借りてるわね」

肩をすくめた姉の手には一花のバッグと小さな箱があった。

一花の視線を感じたのか美花が思い切り頭を下げた。

「ごめんなさいっ！　実はこのバッグ勝手に借りてたの」

美花は、頭をさげたままバッグをずいっと差し出した。それは圭吾とテーマパークに出かけたときに使っていたバックだ。しかし一緒に差し出された小箱は一花の記憶にない。

「それっていつものことでしょ。今回に限ってどうしてそこまで謝るの」

いつもの美花なら「ごめ～ん」と言って舌を出しておしまいなのに、今回はやけに真剣に謝っている。

「実はバッグの中にこれが入ってたのよ」

それは、いびつに結ばれたリボンがかかった小さな四角い箱だった。一度開封されたらしい。

「私もさっき気がついて、見覚えないから開けたら……本当にゴメンね」

その箱の中には、一花が圭吾にもらったネックレスとお揃いのピンクゴールドの小さな花のピアスが入っていた。

「このピアス……」

圭吾はホワイトデー前にピアスを買っていたと永山が言っていた。

そしてそれは、本命の彼女に渡すと言っていたはずだ。

「どうしてこれがここに……」

箱には小さなメッセージカードが入っていた。

【これを毎日つけてる一花が見たい　圭吾】

ただそれだけ。その一言だけだった。

でもその言葉に圭吾の気持ちが込められていると思うと、瞼が熱くなる。

「本当にゴメンね。一花がここのところずっと元気がないのって、これも関係ある？」

「気がついてたの？」

驚いて顔をあげる。

「何年アンタの姉やってると思ってるの？」

一花の肩をポンッと叩くと、部屋を出ていく。扉が閉まる前に振り向いた。

「一花はもっと自分の気持ち大事にしなきゃダメだよ」

そう言い残して扉を閉めた。

手のひらに圭吾がくれたピアスを乗せ、指でつついてみる。

あんなに気になっていたピアスが、今自分の手のひらの中にあると思うと不思議な気分だ。

「圭吾が私のために……」

他の誰でもない。自分のためにこれを買ってくれたことが嬉しい。

（圭吾も私と同じ気持ちだったの……私のこと好き……なの？）

都合のいい考えかもしれない。けれど手元にあるピアスがそれを裏付けていた。

自ら終わらせたはずの恋が、まだ終わっていないことを誰よりも知っているのは自分だ。

圭吾の本当の気持ちを確かめたい。だが思い浮かんだのはあの日のことだ。

〝みじめ〟と言った一花の言葉に、彼は間違いなく傷ついていた。

……それはそうだ。

〝仮〟であっても付き合っているときは、精一杯大事にしてくれていた。それは何より一花が一番わかっている。だからこそ彼への思いがより深くなっていったのだから。

それにもかかわらず、冷たい言葉で傷つけてしまった。もう一度勇気を出したところで、彼は受け入れてくれるだろうか。

彼の優しさを〝みじめ〟という言葉で傷つけたことが悔やまれた。

手の中のピアスをぐっと握って、一晩中チクチクと傷む胸に苦しんだ。


朝いつものテレビ番組が、天気予報と占いに加えてお花見情報を流しはじめた。

一花の勤める図書館の駐車場から続く通路の桜並木も満開だ。

「お母さん。私、今日会社のお花見だからご飯要らない」

美花が食パンをかじりながら、母親に言う。

「そうなの。あまり飲みすぎないようにね。一花は誰かとお花見しないの？」

「うん、特に予定はないな……」

母の問いに深い意味はないのだろう。しかし、あの時から一花は桜の季節が少し苦手だ。

声が沈んだ一花に反応した父親が声をかける。

「一花は父さんと花見しよう。仕事が終わった後、夜桜なんてどうだ？」

「もう！　今どき父親と花見する女子なんていないわよ」

美花の言葉に父親が言い返す。

「なんだと！　父親と花見して何が悪い。お前みたいに男とチャラチャラと……」

臨戦態勢になった父親と美花を見て一花は席を立った。

「ふたりともほどほどにね。行ってきます」

そう告げると、自転車にまたがりいつもの道を走り始めた。

（きっといつか桜の時期も好きになる）

自分に言い聞かせて、春の風を感じながら自転車を漕いだ。

その日は朝からなにかと忙しく、次から次へと利用者の対応に追われてしまう。昼休憩もほとんど取れずに、午後からは会議や打ち合わせに時間を取られた。

「しかし、一花ってばすごいわね。課長の〝あれをあれしてアレで〜〟をほとんど理解しちゃうんだから」

会議中の課長のマネをしながら知恵がため息をつく。

「慣れってすごいよね。おかげで私はすっかり議事録係になっちゃってるけど」

「仕方ないじゃない。一花以外に課長の言ってること、すんなり理解できる人いないんだから」

話しながら廊下を歩いていると、窓から桜の木が見えた。足を止めて眺める。

今は満開の桜の木も来週にはほとんど散ってしまう。

「一花……どうかした？」

「ううん。何でもないよ」

立ち止まった一花を、知恵が振り返る。

（止まってないで歩かないと……）

ふとしたことで、立ち止まってしまう自分を戒めて業務へと戻った。

会議後は図書館内に出ることなく、パソコン作業に没頭していた。議事録や作業の報告書。就職するときに思っていた以上に、事務仕事も多い。

すっかり業務の終了時間は過ぎていた。ほぼ完成した資料をプリントアウトして確認していると、知恵が早足で部屋に入ってきた。

「これ……」

差し出されたのは初めて見る本。手に取るとそこには〝中井花〟と一花のペンネームが書かれていた。

たしか永山から見本を渡すと言われていた。しかしそれをどうして知恵が持っているのだろうか？

「ちゃんと渡したからね」

それだけ言うと、知恵は部屋を出ていく。

手渡された本を開くと、そこには封筒が挟んであった。差出人の名前はなかったが、そこに書いてある〝中里一花様〟という文字で誰からの手紙かすぐにわかった。

早く中を見たいのに、指が震えてうまくいかない。やっと開くとそこには男らしい文字が並んでいる。

◇　　◇　　◇

中里一花様

一花に俺の気持ちをちゃんと伝える手段がこれしか思いつきませんでした。

四年前のあのとき、お前の気持ちのこもった手紙をダサいなんて言ってごめん。

手紙の相手を優馬と勘違いしていた俺の、ただの嫉妬だ。

この本読んだ。これが俺の思い違いでないんだとしたら、もう一度一花を抱きしめたいと思う。

やり直せない四年間を、これからの未来で償いたいと思う。

泣き顔じゃなくて、笑顔を一番近くで見たいと思う。

好きだ。ずっと一花が好きだった。

どうか俺の隣で一生笑っていて下さい。

圭吾

◇　◇　◇

途中からは涙で目がかすんでしまう。圭吾の文字から愛が溢れ出していた。

ぼたぼたと手紙に涙が落ち、紙はぐしゃぐしゃだ。

胸に抱きしめて、涙を落ち着けた。

（でも……これをどうして知恵が……）

一花もまだ受け取っていない見本を知恵が持っていた。それは誰かが手渡したということだ。

そしてそれができるのは、この手紙の差出人の圭吾だけだ。

ガタッと大きな音を立てて、椅子から立ち上がる。

一花は作業中のパソコンもそのまま、駆け出した。

走ってはいけないロビーを一花は全速力で駆け抜ける。途中で驚いた顔の課長とすれ違ったがそんなこと、今はどうでもよかった。

「……ご、圭吾……」

名前を呟きながら外に出てぐるりとあたりを見渡した。

平日の閉館時間間際で人が少ないはずなのに、なかなか圭吾の姿を見つけられない。

焦って駆け出そうとしたときに桜の木の陰に、圭吾の姿を発見した。

駆け寄る一花の足音に気がついたのか、圭吾がこちらを見て口元をほころばせた。

息を切らして圭吾の前に立つ。何か言ってほしいのに、圭吾は黙って一花を見つめているだけだ。

「前髪ぐちゃぐちゃ……」

長い指が伸びてきて一花の前髪を触る。それを感じただけで胸が音を立てた。

「走ってこなくてもよかったのに」

「だって圭吾が帰っちゃうかと思って」

全速力で走ったせいか、圭吾に会ったせいかわからないが、ドキドキを静めるように胸に手を当てた。

「なんで？　俺まだお前に言いたいこと一言も言ってないのに、帰るわけないだろう」

「ちゃんとこれに書いてあったよ」

握り締めてよれよれになった圭吾からの手紙を見せた。

「ちゃんと俺の気持ち伝わった？」

「うん。ありがとう」

笑顔の一花の目の前に、圭吾が一花の本を差し出した。

「こんなに思いのこもったラブレターもらって、返事しないなんて男がすたるだろ？」

『恋文ラビリンス』と題された一花の小説。自分の思いを綴ってきた大切なものだ。

「ラブレターなんて古くさいって言ったの、圭吾なのに」

「ごめん。俺いつもお前の気持ち傷つけてばっかりだったな。ラブレターの時も、再会した後も。もっと俺がしっかりしてれば、一花を傷つけることなんてなかったはずだ。そして、この中のふたりみたいに丁寧に時間を重ねていけた」

圭吾の大きな手が一花の頬に触れた。さっきの涙の跡を指でなぞる。

一花が見上げるとそこには圭吾のせつなそうな顔があった。

「お互い傷つくのが怖くていつも言葉が足らなかったんだろうな。これからは自分の気持ち、お前にちゃんと伝えるようにする。でもその前に……」

グイッと腕を引っ張られた一花は、圭吾の腕の中に抱きしめられた。

周りから死角になっているとはいえ、誰が見ているかわからない。

一花は圭吾の腕から逃れようともがいた。

「ちょっと圭吾。離して」

「無理。俺、口下手だからこうやってお前に気持ち伝えないと、またすれ違ったら大変だろ?」

確かにもう今までのような思いはしたくない。しかしなんだか圭吾にうまく丸めこまれたような気がする。

色々と考えていると、圭吾の腕に力がこもる。一花の耳元に圭吾の唇がふれた。

「好きだ」

ストレートな愛の告白に驚くと同時に、嬉しさがこみ上げる。

自然と瞼が熱くなる。長年思ってきた相手が自分の思いを受け入れてくれたこと。

それと同じだけの気持ちを返してもらえることがこの上なく嬉しい。

「もう、圭吾のこと忘れなくてもいい？　もっと好きになってもいい？」

今まで抑えていた気持ちが、堰《せき》を切ったように溢れだす。

それを圭吾はきちんと受け止めた。

「もちろんだ。こうやっていつも触れあって、耳元でささやきかけたい。好きだって
……」

圭吾の甘い言葉に返事ができない。そのかわりに一花は圭吾の背中に回した腕に力を込めた。

「こんな風に思えるのはいつだって一花だけだ。俺の気持ち、この手紙に誓う」

圭吾の手に握られている手紙を目にして、一花は驚いた。

それは当時使っていた手帳とともにしまってあるはずの圭吾宛てのラブレターだ。

「どうしてそれを……圭吾が持ってるの？」

驚きを隠せないまま問う。

「永山さんから頼まれたんだ。小説の資料の中に紛れていたから返してくれって。おかげ

で一花をこうやって抱きしめることができた」

自分の迂闊《うかつ》さにあきれるとともに、感謝した。

ふいに回されていた腕が緩む。

（もっとこうしていたいのに……）

一花の顔を覗きこんだ圭吾が、口元で笑う。

「もっと、こうしていたい？」

「えっ！　どうして……」

わかったの？　と続けそうになって恥ずかしくなって慌てて口をつぐむ。

「俺も同じ気持ちだからな。でも、ここだと職場の人に見られるかもよ」

そうだった。ひと気のないところとは言えここはまだ図書館の敷地内だ。我に返って慌てて圭吾との距離を取ろうとする。

「そこまで露骨にしなくてもいいのに」

クスクスと笑う圭吾の笑顔を間近で見て、一花も自然と笑顔になる。

幸せそうに笑い合うふたりの間に、ひとひらの花びらが舞い落ちた。

それは吸い寄せられるように、一花の唇の上へと落ちた。

「俺の一花の唇、奪うなんて、ありえねー」

圭吾が長い指で花びらを取る。周りをチラリと窺ったかと思うと次の瞬間一花の唇にキスを落とした。

「も、もう！　圭吾」

驚いた一花がこぶしで腕をたたくが、圭吾は素知らぬ顔だ。

「その唇はもう俺のモンだ。行くぞ」

急に手を引いて歩き始めた。

「ちょっと待って。私、仕事中のサンダルのまま出てきちゃった。荷物もないし……」

一花がどれほど急いで駆け付けたのかがよくわかる。

「早く取ってこいよ」

そう言った後、圭吾の顔が一花の耳元に近づく。

「もう一秒も待ちたくない」

一瞬で一花の顔が真っ赤になる。そんな様子を笑いながら、圭吾は見ていた。

すでに街灯がついている通路を、急ぎ足で戻る。

ロッカールームに入ると、知恵がニヤニヤした顔で近づいてきた。

「あ〜あ。幸せそうな顔してる」

「知恵ったら」

周りに人がいないか確認する。

「誰もいないわよ。ほら急がないと彼が待ってるんでしょ？」

「うん。知恵、色々とありがとう」

「お礼はケーキバイキングね。そのとき根掘葉掘聞かせてもらうから」

そうなったら、どれくらいからかわれるのだろうと心配になったが、今は何よりも圭吾の元へと戻りたかった。

「じゃあね」

「アリバイ作るなら私の名前出してもいいわよ」

部屋を出ようとする一花に親友のありがたい言葉が投げかけられた。

ロビーを出て、圭吾の元へと急ぐ。

そのとき強めの風が舞い桜吹雪になる。その先にはこちらに歩いてくる最愛の人がいた。

彼の横に立つと、自然と手が繋がれた。

ふたりでゆっくりと歩く。これから先もゆっくりとふたりで。

最終章　四年分の思い

「ちょっと、圭吾、私こんな恰好なのにっ」

地下駐車場のエレベーターに乗り込む圭吾を追いかける。

「別にいいじゃんか。俺だって仕事帰りのスーツだ」

圭吾のバイクに乗せられて連れてこられたのは、有名なホテルだった。

まさかこんなところに来るとは思わなかった一花は、普段の通勤服のままだ。

どう考えても、ホテルの雰囲気には合わない。

「誕生日、俺が台無しにしちゃっただろ？　だから今日はリベンジ」

あの日は圭吾の仕事が押して、予定していたことはできなかった。

でも一花にとっては大切な思い出の日だ。

「別に気にしなくてもいいのに」

「俺が気にするの。いいから黙って今日は俺に大事にされて」

頭をクシャっと撫でられた。

一花が色々思い悩んでいるうちに、圭吾はさっさとフロントでチェックインを済ませると、一花の手をとってエレベーターホールへと歩き出していた。

圭吾がボタンを押したのは三十階。エレベーターの階数表示が〝三十〟に近づくにつれて、胸の鼓動が速くなり、緊張してきた。

「何、緊張してんの？　このまえは自分から誘ってきた癖に」

「だって、あれは……」

何日も前から覚悟に覚悟を重ねた一花にとってみれば、決死の思いでしたことだったのだ。それなのに急に連れ去られるようにしてここにいるのと比べられても困る。

「緊張するだけ無駄だって。どうあがいても今日は帰すつもりないから」

つないでいた手はいつの間にかほどかれていて、代わりに体を抱き寄せられていた。

これまでよりも距離が近く感じるのは、お互いの心が通じ合っているからだろうか。

圭吾が予約していた部屋は、広々としていてラグジュアリーな雰囲気が漂っていた。

窓辺に立つと眼下には、輝くような夜景が広がっている。なかなか見ることのできない景色に先ほどまでの緊張を忘れて、一花は夢中になった。

「すごい遠くまで見える。あっちが大学の方だよね。だとしたら圭吾の会社は……」

「あっちだな……」

急に近くで声が聞こえたと思うと、すぐに圭吾の腕が伸びてきて背後から抱きしめられた。

腰に回された手に力が入り、一花の体温が上がる。

ガラス越しに圭吾の顔を見ようとしたが、彼の顔は一花の頭に埋もれていて見えない。

「ね、圭吾……あの」

「何……？　忙しいからちょっと黙っててくれる？」

笑い交じりの声が一花をからかう。

先ほどから、一花の頭や耳に何度も繰り返し口づけている。

「ン……っ」

耳に濡れた舌を感じて、それまで我慢していた声が一花の口から洩れてしまう。

圭吾の舌が優しく耳の形をなぞり、耳たぶを甘く噛む。

それだけで一花の中心は火が付いたように熱くなった。

気がつけば、ブラウスのボタンが真ん中ぐらいまで外されている。そこから白いふくらみと、それを覆う下着がのぞく。

一花は慌てて胸を手で押さえて背後にいる圭吾に抗議をしようと振り向いた。しかし一花の声は口づけにかき消された。

「はぁ……ンッ」

不意に奪われた唇は閉じる間もなく、そこに圭吾の舌が入り込んでくる。

逃げる一花の舌を器用に追いかけ、捕える。からめとられた舌は逃げることも許されない。

お互いの唾液が混じり合う音が耳から入って体中に響いた。

最近知ったばかりのキスに、一花は耐えられず膝から崩れ落ちそうになる。

圭吾はそれを見逃さず、抱きとめるとそのまま手を引いてベッドへと優しく一花を誘導した。

そこに一花を座らせ、自分は床に膝で立ち一花の手の甲に小さなキスをした。次いで長い指が残りのブラウスのボタンにかかる。

「圭吾……ちょっと待って。シャワー浴びてない」

「いいから。後で一緒に入ればいい」

一花の言葉を無視して、ボタンは全部外された。

「だって……仕事の後だから……」

しかし圭吾はカーディガンとブラウスを一緒に肩から脱がせてしまう。あらわになった肩にチュッと音を立ててキスをした。

「大丈夫。一花のいい匂いしかしない。それにもう何年も待ったんだ。今からそのぶんたっぷりと一花を愛したい」

柔らかいふくらみに顔をうずめたまま、上目づかいで言われると甘い感覚で胸がいっぱいになった。

白い肌を強く吸いながら、下着の上からその先端を探り出す。親指で押しつぶすように愛撫されると布越しでもその存在感がはっきりとしてくる。

胸を何度か刺激しながら、片方の手はパンツのボタンに伸びた。

それを一花の小さな手が止める。

「……自分でするから」

脱がされることがなんとなく気恥ずかしい。圭吾の視線から逃げるように後ろを向いて脱ぐ。そしてその間に圭吾はジャケットを脱ぎ捨てて、ネクタイを荒々しく外しベッドサイドの椅子にかけた。

「一花こっち向いて。俺のこと見て」

「だって恥ずかしいよ。電気消して……」

ベッドの上で自分の体を掻き抱くようなその仕草が、妙に圭吾の劣情を誘う。

「今日は俺の知らない一花を知りたいんだ。電気なんか消せない」

手を伸ばし抱きしめると、ビクンと肩が震えた。

圭吾はそのまま一花を優しく横たえ、額と額をくっつけた状態で言う。

「目いっぱい愛させて」

その甘く低い声に、一花の羞恥心が溶かされて流された。絡み合う視線は、艶めいていてお互いを欲しているのがよくわかった。

「圭吾……好き」

自然と口をついて出た言葉に、圭吾は驚いて目を見開いた。しかしすぐに満面の笑みを浮かべると「俺も」と嬉しそうに言った後、熱いキスを一花の赤い唇に落とした。

圭吾の舌が首筋をなぞって、柔らかな丘にたどり着く。

「これ要らないよな」

背中に手が回り、ブラのホックをはずす。肩にかかっていた紐もスルリと手から抜く。

咄嗟に胸を隠そうとした一花の手を、圭吾は指を絡めて阻止した。

「全部ちゃんと見せて。ここも……ここも」

「あぁぁ……ん」

いきなり胸の先端を口に含まれた。みだらに舌で転がされると、びりびりとした感覚が体を駆け抜けた。

圭吾はその反応を楽しむように乳首を強く吸い上げたり、舌を出して柔らかく舐め上げたりした。

「それ……ダメなの……あっあ」

強弱をつけて愛撫され、一花の全身の力が抜けた。もう抵抗することはないと判断した圭吾はつないでいた手を離して、胸への愛撫を続けたまま、柔らかい太腿を羽で撫でるように触った。

さっきとは違う刺激を感じ、一花の体がよじれる。それが圭吾の理性を失なわせた。

「ここ……いい?」

「ダメっ!」

「ダメって言われても、もう遅いけど」

喉の奥で笑いながら、下着の上からなぞるとそこはすでに、湿り気を帯びていた。

「んっ、ん」

一花自身もそれに気がついているのだろう。恥ずかしさから唇を噛んで声を出さないようにしている。隙間からそっと指を滑り込ませると、ぬるついた感覚が指にまとわりついた。

「濡れてる……ここ。わかる？」

「ばか！　そういうこと言わないで」

手で顔を覆って首を激しく振り、羞恥心に耐えているようだったが、火照ってピンクに色づいた一花のなまめかしく揺れる体は、さらに圭吾を興奮へといざなった。

体を起こして、ゆっくりと一花の下着を脱がせる。

次に来る刺激を想像していたが、それは一花が知るものとは全く違った。

「な……あぁああ。待って、何してるの？」

グッと膝を開かれ、それと同時に圭吾の顔が一花の割れ目に近づいていた。

「いやぁ……ダメぇ」

抵抗する間もなく、圭吾の舌が一花の濡れた場所を舐め上げた。

一瞬の出来事と、感じたことのない感覚で思考回路が停止する。

「や……あぁああん……っはぁ」

圭吾が隠れていた小さなつぼみを見つけ出し、舌で刺激する。

初めての感覚に声を上げて一花の体が弓なりに反る。

圭吾は膝を抑えていた手をはずして、一花の中に指をうずめた。

「ん……ぁぁんん」

十分に潤んでいたそこは難なく指を受け入れた。

舌でつぼみを転がしながら、中の壁を音を立てて刺激する。

指が動くたびに、みだらな音が一花の嬌声とともに部屋に響いた。

音を立てて吸い上げられると、我慢できずに大きな声を上げてしまう。

「もうダメ……しないでぇ」

一花の願いは聞き届けられない。

「ここが嫌なの？　それともここ？　どっちもすげー良い反応してるけど」

圭吾の動きに合わせて、一花の体は喜びの反応を見せる。

「もっと、もっと気持ち良くなってほしいんだ。俺がもっと良くしてやりたい」

息がかかるだけでも、びくびくと震える。体の中を刺激しながら、反対の手では一花の体を優しく撫でる。

その強い刺激と、優しい甘さの中で一花は迫ってくる快楽の波に耐えきれなくなった。

その変化を見過ごさなかった圭吾は、指と舌の動きを激しくする。

「あぁあああん。はぁっ……ダメ……もうダメ！　あぁ……」

今までと比較にならないほど大きく体を跳ね上げて、びくびくと体を震わせた。一花の中で愉悦が大きくはじけた瞬間だった。

顔をあげた圭吾が、固く目を閉じている一花の前髪をかき上げる様にして額に口づけた。

「ちょっと待ってて。俺ももう限界だから」

圭吾はベッドから降りると、身に付けていた衣類を全て脱ぎ捨てた。その間、一花は肩で息をして目を開けることもできなかった。

戻ってきた圭吾が、目を閉じたままの一花に優しくキスをする。

そっと目を開けた一花は、熱く滾る圭吾の目を見つめる。

「先に進んでもいい？」

それが何を意味するのか、腹部にあたる熱く固いものの存在で一花は悟る。

小さく頷くと、もう一度圭吾がキスをしてきた。

「痛かったら言って」

入口を何度か突いた後、圭吾自身がゆっくりと、中に入ってくる。圧迫感はあるが、前回のような痛みはない。先に進むにつれて、一花の中が圭吾でいっぱいになり、ジンジンとした甘い痺れが全身を駆け巡った。

「う……ん……んっ」

「やっぱり、まだキツイな。くっ」

圭吾が唇をかみしめながら、一花の最奥を目指した。

すでに羞恥心など感じることもできなくなっている一花は、感じたままを素直に口にしていた。

「や……おっきい……」

吐息交じりに名前を呼ばれると、それだけでも圭吾の体は熱く反応してしまう。

「圭吾……、圭吾ぉ」


「お前、そういうこと言わないでくれる？　耐えられそうにないんだけど」

「ん……だって、本当のことなんだも……ん。圭吾でいっぱいなの」

「……くっそ」

苦しそうに眉間にしわを寄せた圭吾が、一花に覆いかぶさってくる。

首筋を強く吸い上げられ、指が食い込むほどの力で胸をもまれた。

「お前が可愛いすぎるのが悪い……っ」

先ほどまでゆっくりとした動きだったのが、激しい動きへと変わる。

「……あぁあん。ふあぁぁあん」

何度も腰を打ち付けられ、快感を与え続けられた一花はもう限界だった。

圭吾の汗ばむ体に回した手は、快感とともに力が入り彼の背中に爪痕を残す。

それと同時に、圭吾も一花によって強く締め付けられ限界が近かった。

ねだるような圭吾の声に、一花の快感が高まった。

「うん……いいよ」

その言葉が合図になったのか、より一層深く激しくふたりは交わる。

「ん、ん、……うっ……あぁああ」

「一花……んっ！」

体中から集まった快楽が、はじけ飛んだ。

ふたりは同時に高みへと昇ると、お互いを強く抱きしめて心地よい愉悦の波に漂った。

ふたりの呼吸が落ち着いたころ、一花は圭吾の腕の中にいた。

トクトクという胸の音を聞きながら、肌を合わせてお互いの熱を交換している。

「なぁ一花……お前、ピアスはしないの？」

一花の小さな耳朶を触りながら圭吾が聞く。

「しないわけじゃないよ」

「じゃあどうして〝アレ〟付けてないんだよ。ネックレスはしてるのに」

〝アレ〟が何を示しているのか一花はわかっていた。

同じシリーズのネックレスはつけているのに、ピアスをしていないことを、圭吾は不思議に思ったようだ。

シーツを身に着けたまま一花がベッドから抜け出す。自分のバッグを持ってくるとそこから小さな箱を取り出した。

「……それって」

圭吾が一花にホワイトデーのプレゼントとして用意したピアスだ。

「これ……圭吾からちゃんともらいたかったから、まだつけてないの」

「俺から？」

「そう……これが私の手元に来たの、とっくにホワイトデー終わってたんだからね。勝手にバッグに入れられたら気がつかないよ」

拗ねた様子の一花に圭吾が言い返す。

「最初にチョコレート、手渡さなかったのお前だろ」

バレンタインデーの時恥ずかしくて渡せずに、そっと玄関の上の棚にチョコを置いたことを思い出した。

「だってあれはっ……んっ」

急に圭吾の唇が寄せられて言葉が続かない。

「お互い様ってことで、これで仲直りな」

なんだか無理矢理な言い分が腑に落ちないけれど、そのわだかまりも圭吾からの続けざまのキスでどこかに行ってしまった。

「ほら、俺からのプレゼント。ちゃんとつけて」

圭吾に言われて、小さな花のついたピアスをつける。

「どう？」

「似合ってる。まぁ俺からのプレゼントなんだから当然だけどな」

自慢げに言う。

「そんなこと言っていいの？　永山さんから聞いたんだからね。必死になって買いに走ってたって」

「な、なんでそんなこと……つーか永山さん余計なことを」

ガシガシと頭を掻く圭吾の姿を愛おしく感じ、彼の胸へと頬を寄せた。圭吾は一花の頭を優しく撫でた。

緩やかに流れるふたりの甘い時間。

しかしそれは一花のスマホの着信に邪魔された。

「ん、お母さん？　あっ……」

急いで通話ボタンをタッチすると、スマホから母親のあきれた声が聞こえた。

『遅くなるなら連絡くらいしなさい。お父さんの機嫌が悪くなるじゃない』

「ごめんなさい」

父親に言われて、電話をしてきたのだろう。きっと電話の様子を離れたところで見ているに違いない。急に小声になった母親の声で予測できた。

『誰といるの？　なんて野暮なことは聞かないから、帰ったらお父さんのフォローしなさいよ。一花と夜桜見るんだ～ってさっきまで嬉しそうに言ってたんだから』

そう言えば今朝そんな会話をしたような気がする。

『別に私は桜なんか見たくない！』

電話口から離れたところで父親の声がする。

「お母さんごめんなさい。今日は……」

チラッと圭吾の顔を見ると心配そうにこちらを窺っていた。電話の内容はほぼ筒抜けみたいだ。

「今日は帰れないの。帰りにお父さんの好きなシュークリーム買って帰るから」

『わかったわ。お父さんのことは心配しないで。一緒にいる〝知恵ちゃん〟によろしくね。今度ふたりで顔を見せなさい』

わざと知恵の名前を出した母親の機転に感謝しつつ、一花は苦笑いで電話を切った。

「大丈夫か？　今日に限って連絡させるの忘れるなんて、今までの俺の努力何だったんだよ」

確かに圭吾は昔から、一花の帰りが遅くなるときには、家族に連絡するようにとよく言っていた。

「ずっと、そんな風に思ってくれていたんだ」

圭吾の顔が赤くなる。

「それぐらい一花のこと、大事にしてた。もちろんこれからも大事にする」

過去も今も、そして未来もと約束されたことが嬉しくて、一花は自分から圭吾に抱き付いた。

そんな一花を圭吾も優しく抱きしめた。

首元に顔をうずめた圭吾は「それにしても……はぁ」と大きなため息をついた。

「ど、どうしたの？　急に」

「お前の親父さんの、俺に対するイメージ最悪だなぁって。大学時代もお小言くらってるし、この間家の前で会ったときもすごい顔で睨んでたし、それに加えて今日の失態。早いうちに謝りに行かないとな……」

「ごめんね……なんか面倒で」

圭吾の顔を覗きこんで謝る。

「別に面倒なんかじゃねーよ。大事なことだろう。でも今日は……」

肩を優しく押されて、ベッドに押し倒された。

「今日は、何にも考えずに……な？」

形の良い瞳に急に宿った欲望が一花の体を震わせた。

それに逆らう手立てがなくて、自分のすべてを圭吾に預けた。


相手に届くのに四年かかったラブレター。

小さなすれ違いが生んだ四年間。しかしその間色あせることなく募った思いが、ふたりの未来へと続く。

さまよい続けた恋は今、ふたりの結ばれた手の中にある。

番外編　お嬢さんをください

新年を迎えてすぐの、まだお正月気分の抜けきらない今日。圭吾は中里家を訪れていた。一花との結婚の許しを両親に得るためだ。

多くの男性が避けては通れない道であり、そして多くの男性がよほどのことでもない限り緊張する一場面である。圭吾も御多分に漏れず緊張していた。――それもすごく。

それというのも少々……ほんの少々、父親の一花に対する愛情が深すぎるため今まであまりいい思いをしていなかったのが原因だ。

まだ正式に付き合っていない学生時代に始まって、ふたりが付き合うまでの紆余曲折の時にしても、何かとあまり良い印象は持っていないだろうと思っていた。しかし正式に付き合いはじめた後、このままではいけないと思い圭吾はきちんと挨拶にむかったのだが、

「あ、あぁ。まぁな」

「圭吾、緊張してる？」

一花の父親はテーブルにつくことさえ拒否して、話をすることもできなかった。

せめてもの救いは、父親以外の母親と姉は、一花と圭吾の味方ということだ。

圭吾は玄関の前に立ち、ゆっくりと息を吐いた。

ネクタイをギュッと締め直しながら一花を見る圭吾の顔に、いつもの余裕は全然ない。

「ごめんね。今日は絶対大丈夫だから」

一花はそんな圭吾を心配して、励ましの声をかけて玄関の扉を開いた。

「ただいまー！　圭吾が来たよ」

先に入った一花に続いて、圭吾が玄関をくぐった。

「いらっしゃい。まぁ、スーツだと、ますます男前だわ」

母親がはしゃいだ声を上げた。その声を聞きつけて美花も自室のある二階から階段を降りてきた。

「圭吾くん、いらっしゃい。とうとうね～。まさか一花が私よりも先に結婚するなんて」

一花自身も美花より先に結婚することになるとは思っていなかったので、驚いている。

しかも初恋の相手と結ばれる人は世の中にそう多くない。そういう意味でも一花は幸せの真っただ中にいた。

「まぁ、今日の難関を乗り越えられればですけど……」

圭吾の言葉が合図のように、全員がリビングに続くドアを見つめた。最大の難関である父親がそこにいるからだ。

「おじゃまします！」

それまでとは違いひときわ大きな声でリビングに向かって声をかけ、圭吾は玄関で靴を脱いだ。そして母親に促されるまま、リビングへ向かう。

「お父さん、圭吾くん来たわよ」

「おじゃまします」

リビングに足を踏み入れた圭吾はもう一度、父親に向かって声をかけた。

しかし、父親は新聞に向かったまま、ピクリともしない。顔も新聞に隠れたままで表情も読み取れない。

一花はそんな態度の父親に、圭吾が気分を害していないか気になって彼の顔を覗きこんだ。

「ごめんね」

小声の一花に圭吾が笑顔を見せた。

「大丈夫。まだ想定内だ」

そんな圭吾の様子が頼もしくて、一花も笑顔をみせた。

「お母さん、これシュークリームなんですけど」

圭吾の言葉にそれまで微動だにしなかった父親がピクリと反応をみせた。

ここのシュークリームは父親の大好物だ。圭吾が「何かお土産を……」と言ったときに迷わずこれを指定した。

「まぁ、気を遣ってもらってありがとう。これお父さんの大好物なのよ。みんなでいただきましょう」

みんないつもよりも声が大きくてわざとらしい。父親に聞こえるようにあえてそうしているのだ。

「ほんと、お父さん面倒なんだから」

「こら、美花ちゃんっ！」

母親がすぐに止めたが、美花の言葉に機嫌が悪くなるのではないかと心配した一花は、慌てて、父親に声をかけた。

「お父さん、シュークリーム食べるよね？　何個食べる？」

一花の言葉にもなかなか返事が返ってこない。しばらく沈黙が続いたが新聞の向うから「ふたつ」と小さな声が返ってきた。

その返事を聞いた圭吾が、ほっと胸をなでおろした。まずは第一関門を通過した。

リビングのローテーブルの上にシュークリームと紅茶が並べられると、父親がさっきからページすら捲っていなかった新聞をたたんだ。そしてその父親の横に母親が座りやっと話し合いの体裁が整った。

美花はダイニングテーブルでシュークリームを食べながら、こちらの様子をうかがっている。

「……お父さん」

圭吾のその言葉にシュークリームをつついていた父親の手が一瞬止まった。以前圭吾がそう呼んだときに、すごい剣幕で怒鳴ったことがあったのを思い出して、一花は緊張したが今回は大丈夫のようだ。

「お父さん、お休みのところお時間いただきましてありがとうございます」

「ん」

短い返事だったが、話を聞く意志を見せてくれたことが嬉しくて、一花は思わず圭吾の方を見た。

圭吾はそれに応えるように力強く頷いて話を始めた。

「今日は大切なお話があってきました。一花さんとの結婚を認めてください」

一気に言いきった。圭吾はまっすぐに父親を見ていて、父親もまた圭吾から目をそらさない。

「君と一緒になって、一花は幸せになれるのか？　泣いていたことも何度かあったようだが」

一花は驚いて目を見開いた。まさか気がついていたとは思ってもみなかったからだ。

「お父さんそれは……」

「いいから」

言葉を挟んだ一花を圭吾が止める。

確かに、涙を流した夜もあった。でもそれは圭吾のせいではない。すれ違いから誤解が生じたことで、ふたりがつきあうようになってからは、悲しい涙を流したことはなかった。

「たしかに、泣かせたこともありました。それは全部僕の不徳の致すところです。申し訳ありませんでした」

圭吾は頭を下げてから、もう一度居住まいを正した。

「僕が一花さんと出会ってから、いつも僕の中のどこかに彼女がいました。そしてきっと、これから先も変わらないと思います。ですから、お父さんが一花さんを大切に思って幸せにしようとしてきたのと同じように、その役目を僕に背負わせてほしいんです」

「圭吾……」

まさかこんな風にまっすぐに思いを口にしてくれるとは思っていなかった。圭吾の深い愛情に触れて、一花の目には涙が滲む。

「私よりも、一花を幸せにできると思うか？」

その質問に圭吾は戸惑ったようだが、すぐに口を開いた。

「お父さんの一花さんへの愛情の深さは理解しています。でもそれを超える自信がないと彼女に結婚は申し込みません」

後ろで美花がキャーという声を上げたのが聞こえた。母親も驚いて口元を抑えている。

両親にはっきりと約束してくれた。それは自分にしてくれたプロポーズ以上に圭吾の覚悟が感じられて嬉しく思った。

まるで観念したかのように、父親はぐっと瞼を閉じた。

「一花を……娘をよろしくお願いします」

決して大きな声ではなかったけれどその言葉を聞いた時、一花の胸に安堵と幸福が広がった。

「では、失礼します」

「もう行くのね。一花、あちらのご両親にちゃんとご挨拶するのよ」

「うん。大丈夫」

「お土産は持ったの？」

「これから買ってから行く」

玄関で母が心配そうに一花に次々と声をかけてきて、なかなか出られない。

無理もないのかもしれない。これから娘が先方の両親に挨拶に向かうのだから。

「それにしても、急ね。この足で圭吾くんのご両親にもご挨拶に伺うなんて」

「俺の休みが今日、明日しかとれなくて、あわただしくてすみません。本当はもっとゆっくりしたかったんですけど」

「あら、いいのよ。もう家族同然なんだからいつでも遊びに来てね。ねっ、お父さん」

母親に押し出されるようにして、父親が圭吾の前に出てきた。

「これ、持っていってくれ。実家のご両親にくれぐれもよろしく」

差し出された紙袋の中にには、父親の好きな焼酎の包みが見えた。

「お父さんったら、昨日わざわざ自分で買いに行ったのよ」

「そうなの？」

「いや、なんだ。まぁ気にするな」

一花は父親の気持ちを知ってまた涙が滲みそうになる。実は今日、もしかしたらまだこの期に及んでも結婚を反対するのではないかと不安だった。

しかし、そんな一花の思いとは違って、ふたりのことを認めるつもりでいたのを知って嬉しくなる。

「お父さん、ありがとう」

「うん。気を付けてな」

両親に見送られて家を出た。そしてしばらくしていつも家まで送ってくれる時に立ちどまる、自宅から十メートル付近までくると圭吾が足を止める。

「どうしたの？」

突然のことで驚いた一花が声を上げると、圭吾がその場にうずくまった。

「け、圭吾!?　具合悪い？　引き返す？」

慌てた一花もその場に屈むと、「はぁ〜」と大きな息を吐くのが聞こえ、圭吾は両手で前髪を掻き上げた。

「すげー緊張した。あ〜もう。ダメだって言われたらどうしようかと思った」

目をつむったままもう一度「はぁ」と息を吐いたあと、やっと緊張が解けたのか柔らかい表情になる。

「私のために頑張ってくれてありがとう」

思わず言葉がでた。自分の父親が少々ややこしい人物であるという自覚はあった。だからこそ、圭吾が今回のことに気を揉んでいたのを隣で申し訳ない気持ちで見ていた。

「何言ってるんだ」

圭吾がポンっと一花の頭に手を乗せた。

「お前だけのためじゃない。俺たちふたりの将来のためだろう。これくらいなんでもない……でも、二度とごめんだけど」

「ふふふ……そうだよね」

「俺、お父さんとの約束ちゃんと守るから……一花を幸せにする」

圭吾が父親の前で語った決意を、もう一度一花に向けて誓った。

「私も、圭吾のこと幸せにするね」

「あぁ」

短い返事をした圭吾の唇が、チュと小さな音を立てて一花の頬にふれた。

「ちょ、ちょっと。まだ昼間なのにっ！」

「なんだ、夜だったらいいってことか？　今日の夜が楽しみだな」

「もう、変な事言ってないでさっさと行かないと、新幹線の時間に間に合わないよ」

夜は圭吾の実家に泊まる予定になっている。そうなると、夜になったからといって〝仲良くする〟のはお預けのはずだ。

（別に、楽しみにしてるわけじゃないけど……でもちょっと残念かな？）

「ほら、行くぞ」

「あ、うん」

「ぼーっとして何考えてたんだ？」

「ん、なんでもないよ」

不埒なことを考えていたなんて、とてもじゃないけど言えずに、一花は圭吾の横に並んで歩いたのだった。


新幹線に乗って二時間。到着したのは圭吾が高校時代まで過ごした地元だった。駅前にはデパートや商業ビルが立ち並び、大勢の人でにぎわっている。

「懐かしいな」

圭吾は昔のことを思い出しているのか、ぐるりと周囲を見渡して呟いた。

「いつから、実家に戻ってないの？　今年のお正月も仕事してたよね？」

「イギリスから帰国したときには、戻った」

「そんなに前!?」

実家暮らししかしたことない一花には考えられなかった。

「男の人だとそれが普通なのかな？」

「たぶんな。ほら、タクシーひろうぞ」

先に歩き始めた圭吾の後を追う。

「荷物、自分で持てるよ」

一泊二日の荷物だ。そんなに重くない。

「いいから、お前は体力を温存しておけ」

「そっか……今度は私が圭吾のご両親に挨拶するんだもんね。緊張する」

「今から緊張してどうするんだよ」

さっきまでは自分だって緊張してたのに、すでに肩の荷が下りたのか一花をからかうようなセリフだ。

「圭吾はもう終わったからいいよね。私はこれからだもん。それに初めてお会いするし」

「そんなに緊張することないって。両親ふたりとも俺が結婚するって言ったらスゲー喜んでたし」

「本当？　でも、私を見てがっかりしないかな」

とりたてて美人なわけでも、頭がいいわけでもない。はじめて会う圭吾の両親が自分をどんな風に思うのかやっぱり心配だ。

「そんな顔するなって、ほら乗って」

停車していたタクシーに乗りこむ。今から圭吾の実家に向かうのだ。一花は頭の中で必死にシミュレーションを繰り返していた。

「中里一花です……いや、はじめましてが抜けた」

ブツブツと小声で練習している姿を、圭吾は横で肩を揺らして笑っていた。

「もう、笑ってないで。今日の服変じゃないよね？」

「あぁ。可愛いって」

「髪は変じゃない？」

手櫛で整えながら聞く。

「大丈夫だから、ちょっと落ち着け」

「うん……」

確かに今から焦っても仕方がない。一花は一旦気を落ち着かせようと窓の外に目を向けた。そこでふと周りの景色を見て疑問を感じた。

「ねぇ、圭吾の実家ってこんな山の中だったけ？」

「いや」

「え、じゃあ道間違えてない？」

「間違えてないから安心しろ。ほら着いたぞ」

「え？　でもここ……」

一花が驚くのも無理はない。そこは立派な門構えのある旅館だった。

「今日はここに泊まるから」

「え？」

戸惑っている一花は先にタクシーを下ろされた。圭吾が代金を払いタクシーを降りると、従業員が荷物をすぐにもってくれた。

「圭吾、私よく理解できてないんだけど」

「だから、今日はここに泊まる」

「お待ちしておりました。こちらへどうぞ」

ここの女将だろうか、綺麗な着物を身に着けた女性がふたりをソファに案内してくれた。

「お手数ですが、こちらの台帳にご記入願います」

少し癖のある男らしい字で、〝久米井圭吾〟と書いた下の段に〝一花〟と記入している。

〝中里一花〟ではなく〝一花〟と。

ふたりの名前が並んだのを見ていると、なんだか恥ずかしいけれど嬉しい。結婚が一気に現実味を帯びてきた。

（私、久米井一花になるんだ）

その前に、圭吾の両親への挨拶をしなくてはいけないけれど、今の一花の頭の中からすっかりそれが抜け落ちていた。それにどうして、ここに連れてこられたのか聞くことも忘れて、ニヤニヤしてしまう。

そんな一花の脳内に気がついてはいないだろうが、嬉しそうな様子を見て圭吾もまた笑顔になっていた。

仲居さんに案内された部屋は、二間続きの広い部屋だった。手前は和室になっていて机の上には小さな花が生けられている。床の間には水墨画の掛け軸がかけられていてとても落ち着いた雰囲気だ。

奥の部屋は洋間で、大型のテレビやテーブルと椅子。それに大きなベッドが二つならべられていた。茜色と黒を基調にしたシックなデザインで、和室ともうまく調和し居心地のよい空間を作り出していた。

「お食事は六時半でうかがっていますが、よろしいですか？」

「はい」

仲居さんの淹れてくれるお茶から、湯気がゆらゆらと上がる。

「ではそのころお支度にあがりますね。それまでよろしければ、お部屋にございますジャグジーの風呂やお庭もお楽しみくださいね」

「お風呂も付いてるんですか？」

喜びに声をあげた一花を見て、仲居さんがにこやかに笑う。

「はい。是非ゆっくりなさってください」

一礼して仲居さんが出ていったが、一花はそれよりも部屋の見学に夢中だ。

あちこち歩き回って、お風呂を覗くと声を上げた。

「うわー！　圭吾すごいよ～」

明るく日がふりそそぐバスルームには、白くて丸い大きなバスタブがあった。和と洋がマッチするこの部屋にぴったりのバスルームだ。ガラス張りで外にはプライベートな小さな庭が広がり、解放感に溢れていた。

「この広さならふたりで入るには十分だな」

「う……うん。でも変な事しない？」

圭吾と一緒にお風呂に入るのは初めてではない。そうなるといつも普通にお風呂に入るというのとは違ったことになる。

身を清めるというよりも、どちらかといえば……。

「変な事なんてしたこと、一度もないだろう?」

「嘘! だっていつも——」

「いつも、何?」

意地悪そうな目で、面白がるように一花の顔を覗きこむ。

「何って……」

(言えるわけないじゃない)

恥ずかしがる一花を見て、圭吾は満足そうな笑みを浮かべた。

一花が圭吾の肩を押しやると、悪びれもせず声をあげて笑った。

「もう!」

「そんなに怒るなって……それに風呂ですると、いつも一花ぐったりするからな。今日のところは勘弁してやるよ」

一花のせいにするような言い方だが、圭吾がいつも一花に無理を強いるのが悪いのに、そこは反省はしないらしい。

背後から抱きしめてくる圭吾に身を預けた。

「せっかくこんな素敵な旅館に泊まるんだから、ゆっくりしたいな……あっ」

ここにきてやっと一花は、どうしてこの旅館を圭吾が予約したのか聞こうと思い出した。

「そういえば、どうして急に旅館に泊まることになったの？」

一花は体のラインを彷徨い始めた圭吾の手を摑んで言う。

「ん……別にいいだろ」

圭吾はその静止を振り切って手を動かそうとするが、一花はその手から逃れた。

「もしかして、ご両親の都合が悪くなったの？」

緊張はしていたけれど、圭吾の両親に会うのは本当は楽しみでもあった。それなのに会えないのは残念だ。

「違うって、あっちで座って話をしよう」

「うん」

ふたりは並んで、仲居さんの淹れてくれた少し冷めたお茶を飲んだ。

「両親への挨拶なら明日だけで十分だろう？　もし実家に泊まるとなると、その間ずっと一花は緊張するはずだ。そんなに何時間も気を張って疲れさせたくなかったんだ」

「確かにそうだけど……」

「それに、せっかく久しぶりに取れた休みなのに、一花とふたりっきりになれる時間がないなんて拷問だ。実家でしてもいいって言うなら別に俺は構わないけど」

「な、何考えてるのよ！」

「何って……セック──」

「いい、言わなくていい」

一花は圭吾の口元をふさぐように、手を差し出した。

「はじめから両親には、明日行くと伝えてある。両親のことに気を回してくれるのは助かるけど、まずは俺たちが仲良くしてないとダメだろう。だから今日は難しいことを考えないで楽しもう」

確かに圭吾の言う通りだ。この春から圭吾は小説の担当から雑誌へと異動した。仕事の質も量も変わり大変な思いをしているのをそばで見てきた。

それに一花も、永山から依頼された小説の二作目に取りかかっていた。お互いに忙しく時間がなかなか取れずに今日に至る。

口には出さなかったが、一花もふたりでいたいと思っていたので、圭吾も同じ気持ちだと知って嬉しくなる。

「うん。久しぶりにふたりでゆっくりできるなんて、嬉しい」

「そうだな。実家に帰るついでで悪いけど」

「ううん。ありがとう」

一花が手を伸ばし圭吾のそれに重ねてギュッと握った。誘われるように、互いの唇が近づくと優しく重なった。互いに見つめ合ったあと、圭吾が何かに耐えるように一度眉間に皺を寄せる。

「散歩にいこう。このままだと、チェックアウトまでベッドに籠ってしまいそうだ」

その言葉に一花はぱっと圭吾から離れた。

「そんなに警戒するなって。夜まで何もしない。ほら、コート着て」

「うん」

ふたりは上着を羽織ると、手をつないで椿の咲く広い庭園や美しい造りの館内を歩いて、楽しい時間を過ごした。


部屋で食事を終えたふたりは、順番にお風呂を使った。先に出て、髪を乾かした一花は窓から一組の家族がライトアップされた庭を楽しそうに歩いているのを見つめていた。

三歳くらいの男の子が父親に肩車されていて、その横でベビーカーを押した母親がふたりを幸せそうにみつめていた。

「きゃっ……！」

背後から急に腕が回された。驚いて振り向くと湯上りでまだあったかい圭吾が一花を抱きしめている。

「何見てるんだ?」

「ん、素敵な家族だなって思って」

一花が窓の外に視線を戻すと、圭吾もその視線の先を追った。

「そうだな」

「私たちもいつかあんな風になるんだよね?」

「いつかね……。でも、そう遠い未来じゃないはずだ」

圭吾のしなやかな指が、一花の顎を捉え優しく振り向かせる。そして柔らかい唇がお互いを引き寄せるように重なった。

一度離れた後、もう一度重なった。圭吾が舌を差し出すと、一花は薄く唇をひらいて彼を受け入れた。絡み合う舌がふたりの夜の始まりを告げた。

圭吾に抱きかかえられてベッドへ優しく降ろされた。そのまま押し倒されると、唇が首筋に押しあてられる。まだ少し濡れている圭吾の髪がくすぐったい……しかしすぐにそんなことを考えていられなくなった。

撫で上げるように首筋を行き来する舌に、背筋からゾクゾクとした甘い感覚が駆け上ってくる。それに体を震わせていると、胸元の柔らかいふくらみに顔をうずめた圭吾が強くそこを吸い上げた。

「……っん。ダメ」

「大丈夫。ここなら見えないから」

圭吾はこうやって、自分の印を一花に刻むのが好きだ。前に付けられたその印はすでに消えている。それくらい長くお互いの体を重ねていたかったのだと思うと、彼を求める気持ちがより強くなった。

彼が顔をうずめた浴衣の合わせの部分は、大きく開かれて下に着ていたキャミソールがあらわになる。その下にある胸の赤い先端が固くなっていくのがわかる。それはキャミソールを押し上げて主張を始めていた。

もちろん圭吾がそれを見逃すはずもなく、人差し指でそれをはじいた。

「あっ……」

ほんの軽い戯れのような愛撫だった。けれどそれがダイレクトに快感へとつながる。それがわかっている圭吾は何度も指先を使ってこねる様に先端を弄んだ。

「ここ気持ちいい？」

素直に頷く。今さら隠しても仕方がない。一花が潤んだ瞳で圭吾を見ると圭吾が小さなキスを落とした。

「そんな目で見られると、ブレーキ効かなくなるだろうが」

宣言通りに一花の浴衣の紐を一気にほどくと、前を大きく開いた。キャミソールをたくし上げ、そのまま腕から抜いてベッドの下へと投げ捨てた。

そしてふたつのふくらみの谷間に舌を這わせるとそのまま、臍のあたりまで下降した。濡れた舌に与えられる愉悦に一花は体を震わせる。その愉悦は下腹部に直接響き、一花は両足をすり合わせて疼きを逃がそうとする。

「はぁ……はぁ」

息が徐々にあがってきた一花を満足そうに見つめた圭吾は、一度体を起こして自分の浴衣を脱ぎ捨てた。一気にボクサーブリーフまで脱ぐと一花の目の前に昂った彼のものが現れる。

「……っう」

初めて見るわけではない。けれど何度見ても馴れない一花はすぐに視線をそらせた。そんな様子を見て喉の奥で笑った圭吾は、自身を一花の太腿に擦り付けるようにして官能を煽ろうとする。

なんとなく恥ずかしくて、それを避けるように体をねじった。

「ふーん。こっちがいいの？」

「何？　……えっ！」

圭吾の言葉の意味がわからない。次の瞬間、ねじっていた腰を摑んで、一花をうつぶせにする。肩はベッドについたままで、腰だけが高く持ち上がった体勢になる。

それは間もなく圭吾を受け入れる場所が、彼の目の前にさらされている状況だ。

「や、こんな恰好」

「そうか？　俺は好きだけどな。お前のココがよく見える」

臀部のふくらみを両方に開き、そこに舌を這わせた。

「あっ……いやぁ。見ないで」

ジュルっという蜜を吸い上げる音と、直接舌に与えられる快感に思わずつむった瞼の裏にチカチカと何かが光る。

「舐めている間は、見てない」

そんなの詭弁だ。そう思っていても口にすることなどできない。今、一花の口から漏れるのは声にならない吐息交じりの嬌声だけだ。

会話の最中に圭吾の息がかかるだけでも、内側から蜜が溢れだす。それを見た圭吾は舌で拭うように何度も舐めあげた。

「いやぁあ……っ、圭吾」

我慢しようと思っても下腹部が揺れ動く。次第に舌だけでなく指も差し込まれグチュグチュという官能にまみれた音が耳をも刺激する。

「なぁ、一花の中に入りたい。いい？」

圭吾は彼自身を濡れた割れ目に擦り付けながら、一花の返事を待つ。声も出せずに激しく頷いた。

「はあ……ん、っ……あぁぁ」

熱い切っ先が一花の中に埋まる。そこからゆっくりと奥に進んでくるはずだ。一花はいつもと同じようにそう思っていた。

「はぁっ！……んん……！」

一気に奥まで差し込まれて、一花はその衝撃から白い首筋をのけぞらせた。すでに圭吾の全部を受け入れたそこはその衝撃で彼を締め付けている。

「そんなにされると、もたないだろう」

そう言われても一花にはどうしようもなかった。彼女の体をそうしているのは圭吾自身なのだから。

一気に突き入れたそれを、今度は一気に引き抜く。しかし一瞬の喪失感の後、言葉にならないほどの快感を伴って圭吾が奥まで攻める。

肩をベッドに押しつけたまま、体を揺さぶられた。圭吾が時折背中に舌を這わせると、

言いようのない快感が湧き起こり一花の中の圭吾を強く締め付ける。

快感を感じるたびに、蜜が溢れてふたりのつながった部分が激しく音を立てた。

「ここ、すごいことになってる。一花も気持ちいいんだろう?」

「うん……すごく、熱い」

「あぁ、お前の中すごいよ……」

大きく息を吐いた圭吾が、動きを早めた。

「あぁ……ああっ!　いや、もう……もう私……」

「あぁ、俺ももう……っっ」

「やあああ……ぁ」

一花が甲高い声を上げてシーツを握り締めるのと同時に、圭吾も歯を食いしばり熱い飛沫を一花の中へと放った。

荒い息の圭吾が、少しの力も入らない一花の上に重なった。隙間なくぴったりとくっつき、互いの熱で同化していくようだった。

圭吾の腕の中でやっと乱れていた呼吸が収まった一花が、彼の顔をみつめた。

「どうかしたか?」

圭吾が一花の前髪を掻き上げ優しく尋ねた。行為のときの圭吾はいつにも増して意地悪で激しいけれど、そのあとすごく甘くなる。このギャップも彼の好きなところのひとつだ。

「ううん……ただ、すごく幸せだなぁって思って」

素直な気持ちを伝えた一花に、圭吾が柔らかい笑みを浮かべた。

「そうだな」

「これから私たち家族になるんだよね」

「そうだな。うちの両親なんて気が早いからもう孫の話してたぞ」

「まだ挨拶も終わってないのに。でも、圭吾との赤ちゃんか……どんな感じだろう」

思わず自分のお腹をさすった一花を見て、圭吾は声を上げて笑った。

「あはは。お前も親父たちと一緒で気が早すぎるだろう。いやあ、一花がそんなに赤ちゃんが欲しいなら協力しないでもないけど」

圭吾の足が、一花の太腿を割って絡んできた。さっきまで包み込むような安心感を与えていたはずの手が、甘い刺激を生み出そうと、再び一花の体のラインをなぞった。

「ダメだって……明日はご両親に挨拶するんだから」

「俺の話ちゃんと聞いてたか？　うちの親が期待してるのは孫だから。その期待に応えるほうが今は大事なんじゃないの？」

「もう……圭吾のバカ」

「俺をこんなにバカにさせる、一花が悪い」

そう言った唇が一花のそれに重なる。甘い時間の再開の合図だ。

明日は圭吾の両親への結婚の挨拶がある。初めて会うから万全の体制で臨みたい。けれども圭吾は今夜ずっと一花を離すつもりはなさそうだ。

結局記憶のなくなるまで圭吾の愛に溺れた一花は、深い眠りの中で夢を見た。

圭吾と一花の間で手を引かれて笑う、圭吾によく似た小さな男の子の夢を。

その男の子が、一花と圭吾の元にやってくるのはまだ少し先の話だ。

【END】

あとがき

はじめまして（の方がほとんどだと思います）高田ちさきです。

このたびは『恋文ラビリンス　担当編集は初恋の彼!?』をお読みいただきましてありがとうございます。

一花と圭吾のお話はいかがでしたか？　心に残るシーンがひとつでも多くあれば作者冥利に尽きます。


このお話を書こうと思ったのは「思いっきりすれ違う、じれったい話を書こう」と思い立ったのがはじまりでした。

小さなきっかけで拗《こじ》れてしまった恋の糸は、からまったままお話は最後まで進みます。何かのきっかけがあればすぐに幸せになれるはずのふたりなのに、なかなかお互いの気持ちが通じ合いません。

これがきっと中学生や高校生の恋愛ならば、お互いの気持ちを素直にぶつけあって早くに両想いになっていたと思います。

大人になって「傷つきたくない」「嫌われたくない」という思いから臆病になってしまったふたりの「ジレジレしすぎる恋愛」を描きました。

それとともに、「等身大のお話を書こう」と思った作品でもあります。

女子会で「そういえばさ……」と始まるような、身近なお話を目指して書きました。誰もが一度は経験したような、恋のトキメキがお届けできていればいいなぁと思います。

そして書籍化にあたって、表現等を見直すとともに番外編も書かせていただきました。

少しですが、ふたりのその後が楽しめるお話になっています。

ここからはお礼を……。

まずは、イラストを描いていただいた花本八満さま。ラフ画を見て素敵過ぎてテンションがあがり、作業がはかどりました。ありがとうございます！

そしてプロットの段階から、手とり足とりアドバイスをいただいた担当さま。ほめ上手でうまく転がしてくれたおかげで、作品をつくりあげることができました。

最後になりましたが、ここまで読んでいただいた読者の皆様。じれったいふたりにお付き合いいただきまして、ありがとうございます。

この作品に関わって頂いた方皆様に「ありがとうございます」と握手をして回りたい気持ちです。

また、どこかでお会いできれば幸いです。感謝をこめて。

高田ちさき

本書は、電子書籍レーベル「らぶドロップス」より発売された電子書籍を元に、加筆・修正したものです。

恋文ラビリンス
担当編集は初恋の彼!?

2016年1月29日　初版第一刷発行

著……………………………………………………… 高田ちさき
画………………………………………………………… 花本八満
編集…………………………………………… パブリッシングリンク
ブックデザイン…………………… 百足屋ユウコ＋しおざわりな
（ムシカゴグラフィクス）
本文DTP……………………………………………………… IDR

発行人………………………………………………………… 後藤明信
発行…………………………………………………… 株式会社竹書房
〒102-0072　東京都千代田区飯田橋2－7－3
電話　03-3264-1576（代表）
03-3234-6208（編集）
http://www.takeshobo.co.jp
印刷・製本……………………………… 中央精版印刷株式会社

ISBN978-4-8019-0608-2　C0193
Printed in JAPAN